忍《おし》鳥《どり》摩《ま》季《き》の紳士的な推理

穂波 了
HONAMI Ryo

双葉社

目次

第一話　白銀のループ　3
第二話　月夜のストップ　77
第三話　怪物とコントロール　139
第四話　私と彼のタイムリープ　195

人生にはときに超常的な世界に迷い込んでしまうことがある。
夜道を歩いていて、ふいに周りに誰もいなくなったとき。
最終電車で寝過ごして見知らぬ駅に降り立ったとき。
山中にぽつんと建つペンションに泊まったとき。
誰しも、おかしな状況が眼前に開けることはあるだろう。
そんなときは必死にあがいて、そこから脱出しなければならない。
さもなくば……

第一話　白銀のループ

スキー板で粉雪を散らしながら風を切り、スロープを滑り下りていく。

久しぶりのウィンタースポーツ。最初の一時間は戸惑いながらのボーゲンだったけれど、足がしっかり覚えていてくれて、今は流麗なシュプールを描けている。

「やっほーう！」

親戚の結婚式で岩手県に来ることになり、そうだ、せっかくだから前乗りしてスキーをしようと考えた連休。白一色に染まるゲレンデを満喫して温泉で汗を流し、休み明けからの仕事の英気を養いたい。そんな思いつきで、急遽、宿を取って新幹線に飛び乗った。

昼は都内のワンコインそば屋で食べたのに、午後には安比《あっぴ》高原で風になる。

何て贅沢《ぜいたく》。転職活動ですさんだ心が、クリスタライズされていく。

麓《ふもと》まで滑り下りるスロープの途中で顔を上げると、ツレの姿を見つけた。その人はレストランの野外席に座っている。一人浮いているので、どんなに遠くからでも見える。

足を組んでコーヒーを飲む彼の前に雪をけたてて止まる。

「先生！　その格好、上からでも見えましたよ！」

カラフルなスキーウェアが溢れるゲレンデで、先生は一人、スリーピースのダークスーツと革靴に身を包んでいる。黒縁眼鏡の奥から切れ長の目をこっちに向ける。

「私はスーツしか着ない」

「ここ雪国ですよ。しかもクリスマスシーズン！」

だから何だ？　という顔をされる。

「それより宿に向かう。雲行きが怪しい」

人差し指が向けられた空は黒雲に覆われ、太陽が見えなくなっている。新幹線を降りた三時間前はしんしんと穏やかに降っていた雪も、今や横から吹きつけてくる。

「これから吹雪くかもしれない。行くぞ」

「はーい」

レンタルしたスキーをレストハウスで返却した私は、縛っていた髪をほどいた。髪束をつまんで匂いを嗅ぎ、汗臭くないかチェック。タートルネックのセーターにマフラーを巻いて、ダウンコートを羽織ると、止まっているタクシーに先生と乗り込んだ。

今日予約したペンションはゲレンデからかなり離れていることもあって、シーズン中も満員御礼にならないらしい。だからとっさの思いつきでも予約が取れたんだけど。

徐々に暗くなっていく空の下、窓にぺたぺたと当たる雪を眺める。

良い休暇になりそう。

目的地に着く頃には、もう日はとっぷりと暮れ、風も強くなっている。

タクシーを降りた私が雪から逃れてペンションに駆け込んだ一方、先生は雪なんてものともしないで歩いて入る。宿の名は〝ダイヤモンドダスト〟。名前負け感が否めない外観はログキャビン風二階建て。一泊二食付き、シングル六千円、ツイン一万円。

雪国仕様の二重ドアを開くと、カランコロン、とベルが小気味良い音を立てる。

玄関で服に付いた雪を払って靴を靴箱にしまい、吹き抜けになっているホールを眺めながらフロントに立つ。白を基調に、ところどころにウォールランプがあり、天井ではシーリングファンが回る。落ち着いた雰囲気に心が安らぐ。当たりっぽいペンション。

何より、どこからか食欲をそそる匂いが漂ってくる。お腹が今にも鳴りそ――

はい、鳴った。

「お待ちしてました。忍鳥《おしどり》摩季《まき》様ですね」

とオーナーっぽい人が奥から出てきた。髪に白い物が混じりつつも、健康的な肌ツヤをしている。年配男性が可愛いクマのエプロンをしているミスマッチが微笑ましい。

私がフロントで記帳を済ませると、オーナーはうなずく。

「ありがとうございます。ささ、ディナーの用意ができてますよ。客室は全室二階ですから、お荷物と上着は妻にお部屋まで運ばせます。そのまま食堂へどうぞ」

「助かります。もうお腹ぺこぺこで」

「ふふ、すぐお持ちしますね。お好きな席についてお待ちください」

　荷物とダウンコートをフロントに置いて食堂に入ると、宿泊客がもう待っている。窓辺の雪を見ながら話している大学生くらいのカップルと二十代後半くらいの女性客。

　誰にともなく会釈をして、私たちは空いている席に座る。

　各テーブルはそれほど大きくはないけれど、グラスの中に入れられた蠟燭《ろうそく》の炎が揺れ、雰囲気を出している。向かいに座った先生のスーツは、こういう場だと様になる。

　プロポーズのムード。付き合っているわけじゃないけど。

　先生の容姿は、まるでドラマから抜け出してきた俳優。顔が整っていて、背もすらりと高い先生の一番の魅力は、声だと思っている。尖った喉仏が上下して出てくるのは、澄んだ重低音。ただ物静かな人なので口数は少なく、他人と雑談したりもしない。

　オーナーとアルバイトらしき若い男性が食堂に入って来て、配膳を始めた。

　メインは二品で、てらてらとした脂が滴る仔羊のロース肉を焼いたメキシコ料理と、エビやイカのシーフードが盛られたパスタ。赤と白の色鮮やかな見た目から楽しめ、塩とコショウとスパイスで焼かれたお肉の匂いを嗅ぐと、もう食欲は抑えられなくなる。

　食前に写真を撮る人もいるけれど、私は我慢できないので撮らない派。

両手を合わせて、いただきます、をして付け合わせのフライドポテトで口の中を整えてから、フォークで刺したラム肉を口に運んだ。思わず、ん〜、という声が漏れ、私はテーブルの下で足をバタバタさせた。口内でとろける旨みに涙が出る。これは三つ星。

私はにんまりとして、ほっぺたを押さえる。

シーフードパスタもラム肉と対照的に爽やかな味わいで、その美味しさもさることながらバランス感覚に舌を巻くディナー。カップルの方からもひっきりなしに吐息や賞賛の声が聞こえてくる。こんな料理が出るなら俄然、明日のモーニングも楽しみになる。

幸せな時間が終わると、私は張りが出たお腹を撫でる。それを見た先生が、

「ペンギンのような腹だな」

なんて言う。私はペンギンのようにかわいいらしい。

窓の外で勢いを増している吹雪を眺めながら、しばらく食後の余韻に浸っていると、アルバイトっぽい男性が食器を片付けにやってきた。目の周り以外が雪焼けしているところからしてスキーヤーだろう。厚い胸板と血管の浮いたゴツい手は女性人気が高そうだ。

失礼します、とトレイに食器を載せながら、彼は続ける。

「雪、強くなってきたっすねぇ」

「ですね。温泉って今から行けます？」

「東北雪見温泉郷すか？　さっき連絡あったんすけど、今日は閉めるらしいっす。あっちに座って

るカップルも予約してたみたいで、キャンセルされてしょげてました」

「そんなに吹雪くんですか」

私がスマホで天気を調べていると、バイトの男性に言われる。

「近年ない大雪になるって。そだ、温泉代わりに夜、あっちのカップルと食堂で飲もうって話してるんすけど、お姉さんも一緒にどうすか。あ、俺、田久保《たくぼ》って言います」

……先生の前で何てことを聞くのか、ナンパ男・田久保。

私が丁重にお断りをすると、彼は肩をすくめて女性客の方に声をかけに行った。

ホールに出ると、壁にかかっている鳩時計がホッホ、ホッホと鳴る。午後八時。

フロント脇の階段を上った先には談話スペースがある。三人掛けのソファとフットスツールが並ぶ。そこの窓からは山間の絶景が見えそうだ、朝になって晴れていれば。

私と先生は入室前に、二階を見て回る。

客室が並ぶ廊下は談話スペースからT字形に延びている。一端には外階段に出られる非常口が、別の一端にはドアが開いたままの部屋があって、倉庫のようだった。

廊下を戻った私たちは、予約した部屋の鍵を開ける。

入り口左にユニットバス、右にワードローブ。奥に進むとベッドが二つ並んでいる六～七畳の部屋なので決して広くはないけれど、掃除が行き届いていて清潔感がある。

「ツインを取ったのか」

「シングル二部屋取るより安上がりですから」

先生は紳士なので、同室でも問題は起こらない。付き合いもかなり長いから、先生にとって私は年の離れた妹のようなものだと思う。あるいは、ペット？

「それにしても、すっごい吹雪……」

窓から見える景色はペンション裏の林と物置。お世辞にも絶景とは言えない。屋根に溜まっていた雪が滑り落ちた地面には、もう一メートルくらいも雪が積もっている。

「都内で見る雪はきらきらして綺麗ですけど、雪国で見る雪はちょっと怖いです」

「実際、雪による死傷者は毎年少なからず出るからな」

明日、親戚の結婚式に出られるかしら。

私はカーテンを閉めて、衣類の収納にかかる。長期滞在をして雪山を楽しむ宿泊客も割といるみたいで、ブラウンの木目調ワードローブは収納スペースが広い。その引き戸を開けて、ダウンコートやマフラー、結婚式用のドレスもハンガーにかけていく。

本来ならこの後、ふんふん鼻歌交じりに温泉に出張るつもりだった。仕方がない。だいぶランクは落ちるけれど、ユニットバスのシャワーで我慢するしかない。急に思い立った宿泊だから保湿剤などを持って来ていないけれど、フロントで借りられるかしら。

そんなことを考えながら入浴準備をしていると、ドアがノックされた。

「食後のお紅茶をお持ちしました。よろしければ、どうぞ」

ドアを開くと、トレイにポットといくつかのカップを載せたオーナーが立っている。別室の前には奥さんがいるので、どうやら夫婦で各客室を訪問しているらしい。

「フランスから取り寄せたアールグレイです。おいしいですよ」

多くの女子と同様、私も〝おフランス〟という言葉には弱い。

「ありがとうございます。いただきます」

うなずいたオーナーの後ろを、田久保さんが作り物のもみの木を抱えて階段の方に歩いて行く。電飾があって先端には金色の星の飾りがあるから、クリスマスツリーだ。

オーナーが横目で見て声をかける。

「田久保君、一人で大丈夫？　階段に気をつけて」

「余裕っす」

田久保さんが去ると、オーナーはトレイのカップにポットから紅茶をとぽとぽ注ぐ。照明を映して輝く液体にドライフラワーの矢車菊とひまわりの花びらをちりばめる。

「どうぞ。冷めないうちに、お飲みください」

湯気と爽やかな匂いの立ち上るカップを受け取って――

ガシャン。

何かが壊れたような、小さな不協和音が聞こえてきた。一瞬、私がカップを受け取り損ねたのかと思ったけれど、違う。カップと皿はしっかり手に持っている。

吹雪で折れた木の枝が飛んできて、窓でも割れたのだろうか。

私は音がした廊下の先を見る。

「二階の奥から聞こえましたね」

「そっちには倉庫と空き部屋しかないのですが。僕ちょっと見てきます」

「私も行きます」

対して先生が室内で、おいおい、と呆れ声を出した。どうして君が行くんだ、という意味だろうけれど、私は気になることは自分の足と目で確認するタイプだ。

オーナーを先頭に廊下を進む。

物音が聞こえてくるのは左手の7号室。オーナーがマスターキーで鍵を開けた。

「誰かいるんですか？　ここは空き部屋ですよ？」

ドアを開けたオーナーが、あ、と声を出して室内に入っていった。

「田久保君！　どうした！」

え、田久保さん？

私も部屋に入ると、壁際の観葉植物――いや、クリスマスツリーに埋もれるように田久保さんが伏している。彼はたった今、ここととは逆の、階段の方に行ったのに。

田久保さんは頭を抑えながら、不思議そうに辺りを見回している。

「あ、あれ、ここって7号室っすか。え、何で俺……」

「田久保君、いつの間にここに入って鍵をかけたんだ」

　と眉を寄せるオーナーに、田久保さんは困惑した顔で答える。

「俺にも何が何だか……いや、おかしいんすよ、俺、確かにツリーを抱えて階段を下りてた……はずなんっすけど、階段の途中で急に景色が変わって、気づいたらここに」

「何言ってるんだ、田久保君。頭を打ったようだが、大丈夫か」

「大丈夫、と思うっすけど……」

　いつの間にか後ろに来ていた先生のつぶやきが聞こえてきた。

「おかしいな」

　私はうなずく。階段へ行った田久保さんの姿を、私も目にしたばかり。そんな彼が、廊下を逆走したわけでもないのに7号室にいるのはどう考えてもおかしい。

「私、階段を見てきます」

　先生に言ったけれど、応じたのは田久保さんだった。

「あ、じゃあ俺も」

　私たちは先生とオーナーを残して7号室から出た。廊下をずんずんと進む。

　途中の客室前でオーナーの奥さんが声をかけてきた。

「あ、あの、何かあったんですか？」

「いえ」

よくわからない事態なので、今は伝えられない。ただ奥さんは異常が起きたと思ったようで、紅茶のトレイを廊下にある小テーブルに置いて後からついてくる。

階段まで行って見下ろすと、中程に木の先端がある。

クリスマスツリーだ、と田久保さんがつぶやく。

「やっぱり、俺、ここから7号室に瞬間移動したんだ」

私は一歩一歩、一段一段、慎重に階段を下りてツリーへと向かう。金色の星の飾りが付いたそれを両手で持ち上げるも、それ自体におかしなところはないように見える。

どうしてツリーの先っちょだけが、こんなところに……

田久保さんが二階から声をかけてくる。

「そ、そこ！　その辺りに境目があるっぽいっす！　気をつけて！」

境目って、何？

私はツリーを階段に置いて、おそるおそる何もない宙に右手を伸ばす。

その手が、ふっと消えた。

「えっ……」

痛みはない。けれど手首から先が完全になくなっている。

「きゃああああああああああっ」

悲鳴が聞こえて振り返ると、オーナーの奥さんが口を押さえてその場にへたり込んだところだった。ペンション中に響き渡ったその声で、宿泊客がすぐに集まってきた。

階段の上でカップルがざわめいて、声をあげる。

「手がない！　見てコウジ、手がない！」

「ありゃマジックだな」

違う。ここに見えない何か、透き通った水面のような何かがある。

確かに、境目。そこに入れた手首を引き抜こうと力を込めても、がっちり固定されていて手は戻らない。手首が痛くなるだけ。ただ、境目の先に進むことはできそうだ。

ずぶ、と二の腕まで入れてから、意を決して頭を境目に入れていった。

無意識に目を閉じて息も止める。水中に潜るかのような。

そしてしかめ面でゆっくり片目ずつ開けていくと、目の前にいたのはオーナーだった。ひぃぃぃ、と声をあげた彼が尻餅をついた傍ら、近づいて来た先生が口を開いた。

「壁から摩季が生えてきた」

視線を巡らせると、床には先端がなくなったツリーが倒れていて、その先にはベッド。左手には出入り口が見える。ここは7号室。その壁から私の頭が生えている。

「ひょっとして私、今、生首？」

「あるいはさらし首だ」

と先生。

体は間違いなく階段の方にあるのに、境目を越えた頭と右手は7号室の壁から生えている状態。

私は試しにもう一度、体を階段側に引き抜こうとしてみた。

「……だめ。戻れない」

私は足を7号室に入れて床の感触を確かめ、一気に境目を通り抜けた。

「ふー」

息を吐いた私は、今出てきた不可思議な壁面をぺたぺた触ってその硬さを確認する。やはりこれはただの壁。隠し扉もない。この中に入ることなんてできない。

「お、忍鳥様、これは……いったい」

というオーナーに、私は首を横に振る。

「わかりません。階段を下りたら、ここにいたんです」

「田久保君の話は、本当だった、と」

「は、はい。階段の途中に、目には見えない境目があるんです。そこを通り抜けると、7号室内のこの壁から出てくるみたいです。言ってること、わかります？」

「いや、ちょっと……僕、階段を見てきます」

そう言ってオーナーが去ると、先生が、やれやれ、と言った。

「厄介なことに巻き込まれたものだ」

「先生、これってどういうことなんですかね」

「このペンションの空間がねじ曲がり、離れた二地点がつながってしまっている」

「空間が……ねじ曲がる？」

「今、摩季が体験した通りだ。境目とやらを通ってみて、どう感じた？」

「不思議な感じでした。もう一回やってみたいような——」

そこで、壁ににょきっと顔面が出現した。カップルの彼氏だ。

「うわホントだ！　階段の先にどっかの客室がある！」

彼はアスレチックで遊んでいるかのように飛び出てきた。

「何これ、マジ瞬間移動！　おもしろ！」

オーナーや田久保さんに話を聞き、面白半分で境目に入ってみたのだろう。

彼が7号室から飛び出ていくと、先生は、危険だ、とつぶやいた。

「おいで摩季。これを見なさい」

先生が指を向けているのは、立派なツリーの、腕くらいの太さがある幹の部分。元は綺麗な円錐形だったはずのツリーの先端がなくなっていて不格好に見える。

「星飾りの付いたツリーの先っちょは、階段の方にありました」

「そうだろうな。だが、それはどうでもいい」

「え、じゃあ何を見るんですか」

断面だ、と先生。

「断面が綺麗だろう。ノコギリなどで切断したら、こうはならない」

私は幹を摑んで見てみる。確かに、ノコギリで物を切る場合、その断面はザリザリとして粗くなる。けれどこの断面は、ヤスリでもかけたかのようにつるりと滑らかだ。

「このツリーは階段の境目を抜けたときにこうなったのだ」

「あの境目を、抜けたとき……」

それでツリーの先端が階段の途中に落ちていたのか。

ただ、おかしい。

「私も今の男性も、何事もなく境目を抜けてここに来ましたよ」

「それはたまたまだ。この接続は安定性に欠けている」

「接続、って何ですか」

「摩季が境目を通り抜けたときのように、階段側の入り口は7号室側の出口に不可逆でつながっている。が、その接続がプツ、プツと途切れる瞬間がある、ということだ」

「接続が、途切れる……と、どうして幹が切断されるんです？」

「切断ではない。分断、だ」

「ん？」

どう違うの？

先生はその場に立ち、簡単なことだ、と言った。

「先ほど、摩季の頭と右腕はこの7号室側にあり、胴体は階段側に残っている状態だっただろう。今の男も頭だけを出していた。その瞬間にプツンと接続が途切れる――つまり空間のつながりが正常に戻ると、どういうことが起こるのかを想像してみるといい」

頭が7号室、体が階段にあるとき、空間が元に戻ったら……

「7号室の壁から出ている頭と、階段に残された体が、わ、わかれてしまいます」

「それが、ツリー分断のカラクリだ」

ぞわぞわ、ぞわぞわと体に怖気が走っている。私が何の気なしに境目を通り抜けたあのとき、もしもその〝途切れ〟が起こっていたら、私の頭は、体から永遠に離れていたかもしれない。私は首にギロチンを当てられている状態だったことに気づかなかった。

生首が落ちなかったのは――たまたま運が良かったから。

でも、わかった。田久保さんはツリーを抱えて階段を下り、あの境目に入った。彼は7号室側に移動して、ツリーの先端だけが階段側に残っている状態でプツと接続が切れた。ツリーは一瞬で分断。体勢を崩した田久保さんはベッドにでも頭をぶつけたのか。

先生は眼鏡の位置を直した。

「仮に、ループ現象、としておくか」

7号室を出た私は急いで、皆のところへ行く。階段に残されているツリーの先端を不安そうに眺めているオーナーたちに、私は分断が起こった恐るべき理由を説明した。

どよめきが起こる中、オーナーと奥さんが手を取り合う。

「確かに、どうしてツリーの先端だけが階段の方に残されているのかと思っていました。では、そのループ現象は人の体をも分断してしまう、ということですか」

「その可能性が高そうです」

と私が応じると、カップルの顔色が、さっと青くなった。

「俺もぶった切られるとこだったってこと？」

「し、信じられない。誰かがナイフで切ったんじゃない？」

私は階段を下りてツリー先端を取り、その断面を皆に見せた。

「ほら、断面が滑らかで綺麗です。人の腕くらい太い幹を、ナイフでこんな綺麗にすぱっと切るなんて、人間にはできません。何か得体の知れないことが起こっています」

オーナーが、まあ、と言ってうなずく。

「実際に人が消えて、別の場所に移動するのを、目の当たりにしていますし」

「どうすんだ、もう階段使えねーぞ」

私はセーターのポケットからスマホを出した。

110をタップして電話を耳に当てるけれど、つながらずに切れてしまう。もう一度やっても結果は同じだった。念のため119にかけてみるも、やはりつながらなかった。

宿泊客たちもそれぞれスマホを耳に当て始める。

「何だこれ。警察にも友達にもつながんねぇ」

「こんなことある？　吹雪のせい？」

オーナーが提案した。

「一階のフロントに有線電話があります。それを使ってみましょう」

ちょっと待って、と二十代後半くらいの女性客が疑問を口にする。

「階段使えないのに、どうやって一階に行くの」

「二階には外階段につながる非常口があります。外は吹雪いていますが、壁伝いに行けば視界がホワイトアウトしても大丈夫です。田久保君、頼んでいいかな？」

「任せてください！」

先生も合流して、皆でT字廊下の端にある非常口へ。頑丈な造りの金属製ドアで、ガラス窓から外階段に続く通路が見える。その柵にもたっぷり雪が積もっている。

じゃあ行ってきます、と田久保さんが進み出た。

「ドアを開けると雪が吹き込んでくるから、離れていてください」

「気をつけてね、田久保君」

オーナーの奥さんにうなずきかけた田久保さんが、非常口の鍵を外してノブを掴んだ。押し開けようと励むも、吹きつける風がドアを押さえていて、なかなか開かない。

ドアに肩を当てた田久保さんは、体重を乗せて押す。

私は加勢する。この吹雪だと何をするのも難しい。二人で動いた方がいい。

「あ、ありがとうございます！」

「ループ現象のことは私が警察に話しま――」

言葉の途中、手にかかっていたドアの重さが、ふっと消えた。

私たちは前方に転がる。ぶつかる、テーブルに。

非常口の外にあった外通路の柵が消え失せ、目の前にあるのは客室用テーブルだった。素早く両腕で顔をガードして、あわやのところで顔面強打を防いだ。

まただ。また景色が飛んだ。

どこかの室内だ。ドアが正面に見える。広さはツイン客室と同じくらいで、いくつもの客室備品やテーブルセット、ワードローブのスペアなどが置かれている。

「こ、ここは二階奥の倉庫部屋っす」

と言った田久保さんが茶色い髪を掻き上げて続ける。

「どうなってるんすかね、このペンション……危険手当もらえるといいけど」

自分たちが飛び出してきた方を振り返ると、壁から非常口のドアが生えている。

おそらく非常口の外にループの境目があって、ドアごとそこに突っ込んだ。ループ先が倉庫の中だったため、その境目を越えた瞬間に吹雪による圧力がなくなったのか。ループは不可逆。このドアはもう非常口側に戻すことはできない。壁と融合したドアは倉庫内のオブジェになった。そんな現代アートのような光景を眺めていると――

バキン！

音がして壁から生えたドアが、壁から切り離された。

初めて見た、これが分断の瞬間。支えを失ったドアが傾いてくる。

「ひゃあ！」

と声をあげたのは田久保さん。我先にと逃げる彼に突き飛ばされ、私は倒れる。

何とか転がると、すぐ後ろでドアが倒れる音と振動。膝を擦った。

例の、プツ、プツという断続的な〝途切れ〟が起こったのだ。もしもそのタイミングが少し早かったら、ギロチンに分断されていたのは私と田久保さんだった。

「ふ〜、危なかったぁ」

胸をなでおろす田久保さんを、私は非難めいた目で見たものの、彼には謝る気配すらない。まあ今は、突き飛ばしたことを責めている場合じゃないから、勘弁してあげよう。

「とにかく戻らないと。向こうはパニックになってるかも」

けれど、誰もパニックなんて起こしてはいなかった。

息せき切って状況を説明する私たちに同情する人はいても、悲鳴を上げたりはしない。階段の方のループを見ているので、何が起きたか察していたようだ。

カップルが吐いた白い息が交差する。

「それより……さむぅ」

非常口から離れても、音がごうごう聞こえるし、耳の縁がかじかんで痒《かゆ》くなってくる。確認しなければならなかったとはいえ、非常口を開けてしまったのは失敗だった。

分断されたドアは、もう閉められない。

「何かで塞げねぇか、これ」

「無理。この吹雪じゃ全部飛ばされちゃうよ」

廊下の温度がどんどん下がっていくのに対して、私たちは皆、部屋着姿だった。ただ一人、先生だけは寒さをものともせずに、涼しい顔をして腕組みをしているけれど。

「皆様、暖房がついている談話スペースへ行きましょうか」

と言うオーナーの後について、ぞろぞろ談話スペースへ。

何人かはソファやスツールに腰掛け、何人かは立ったままスマホを見ている。暖房がついていても寒く、温風が冷風に屈するのも時間の問題かもしれない。

そこで、二十代後半くらいの女性客がソファから立ち、何を思ったのか談話スペースにある窓の鍵を外してスライドさせた。吹き込んできた風を受けた長い髪が暴れる。

それを物ともしない彼女に、オーナーが声をあげる。

「片瀬《かたせ》様！　何をやっているんですかっ」

「階段からも非常口からも下に行けないなら、窓から飛び下りるしかありません！　こんなところにいられない！　ここから出て、口コミで文句いっぱい書きますからっ」

言い方はともかく、確かに、窓から下りても、積もった雪がクッションになる。

ゴム紐で髪を束ねた私は、地面の状態を確認するため、吹きつける雪と風に目を細くして窓に近づく。窓枠に両手をかけて体を押さえ、下を覗き込ん——

「いったっ！」

と声をあげて私はその場に転げる。

窓から顔を出そうとした瞬間、何か硬い物に額がぶつかった。

「だ、大丈夫すか」

田久保さんがやってくる。片瀬さんは冷めた目で見下ろしている。それはそうだ、窓から下を覗こうとした私が突然その場にひっくり返ったんだから。さぞ滑稽だろう。

私は誰にともなく、違うんです、と言い訳した。

「窓の外、何か、あります……」

確かに、硬い何かに頭突きをかました。

突き止めなければ。その場に立ち上がった私は、恐る恐る窓の外に手を伸ばす。するとやはり手が何かに触れた。パントマイムのように、何もない宙にぺたぺたと触る。

見えない。でも何かある。透明な板？

「何か硬い板みたいなのがあって、手が外に出ません」

カップルの二人が窓辺に来て、外に手を伸ばす。

「ちょぉっ、何これ！」

「手が窓の外に出ねぇ！　雪は入ってくるのに！　おもしろ！」

声をあげながら透明な板を触っている彼らから離れて、私は談話スペースの隅に行く。柱に寄りかかった先生は切れ長の目で、窓に群がる人たちを眺めている。

静かに隣に並んだ私は、先生、と小声で呼びかける。

「これもループに関係してるんですか？」

先生は私にしか聞こえない声で応じる。

「ああ、そのようだな」

「で、でも、階段や非常口の状況とは明らかに違いますよ。もしここにループの境目があるなら、掌が別の場所に移動するはず。これはその逆、どこにも出ていきません」

「別の地点に移動するかどうかは、ループが接続される場所による」

先生の言葉はいつも確信に満ちている。

「要は出口だ。階段や非常口のループはたまたま一室内の壁面につながっているが、この窓は接続がうまくいかず、壁の〝中〟につながってしまった、ということだ」

「壁の、中？」

「ループの出口が壁の表面につながっていればすんなり外に出られるが、壁面内とつながってしまうと、出ることはできない。出口が壁の中に埋まっているわけだからな」

「じゃあ私が頭突きしたのって……」

「壁の中のコンクリートだ」

私は打ちつけた額を指ですりすりした。

それから皆で一時間以上をかけて、一部屋一部屋を回っていった。各客室の窓がどうなっているのか、どこかから外の雪に飛び下りることができるか否かを調べるため。

最初は談話スペースの窓同様、手を窓から出すようにして慎重に調査していたけれど、ループの中に手が入ってしまったら危険なので、モップの柄で突く方法に変えた。

ただ、それは杞憂だった。

全室の窓に〝透明な板〟があって、出られない状態になっていた。

一階には下りられない、ということだ。

防寒着を羽織って談話スペースに集まった皆の空気が、一気に重くなった。

「壁を掘れないかな？」

どこからともなく投げかけられた質問に、オーナーは首を横に振った。

「難しいかと思います。板張りの表面は何とか壊せるかもしれませんが、内部のコンクリートは不可能です。雪国仕様でかなり厚く作ってあります」

「雪掻き用のシャベルとかあったら……」

「鉄製の物は一階の物置です。二階にあるのは、外階段に積もった雪を落とすプラスチック製のスコップだけ。掘削用として使える物は、スキーのストックくらいですか」

私は、待つしかないんじゃないですか、と言う。

「待ってれば、ループが消えてなくなるかもしれませんし」

そんな言葉では拭えなかった片瀬さんの不満が爆発する。

「待つって食料はどうするんですか！　飢え死に、なんてことないでしょうね！」

オーナーはうつむいて、備蓄食料はあります、と応じた。

「ただ、それは一階の食料用貯蔵庫にです。二階には長期保存できる缶詰や乾パンなどしかありません。避難用に取り置いている食料です。それもこの人数だと、一日で無くなってしまうでしょう。何しろ、二階だけ隔離される状況なんて想定していませんし」

カップルの彼氏が絶望的な表情をして、頭を抱える。

「一日！　嘘だろ！　……で、人間って食い物なくなったら何日生きれんの」

「水さえあれば、数週間は生きられます」

「そんなに？　じゃあ、それまでにはさすがに助けが来るだろ」

　これに彼女の方が不機嫌そうに突っ込んだ。

「空腹で数週間って、死んだ方がマシでしょ」

「おいおい、ユミちゃんよ、どんだけ食い意地張ってんの」

「そういう問題じゃないバカコウジ。餓死はめちゃくちゃ辛いのよ」

「あ？　何つった？」

「あんたがバカなのは事実でしょ」

　不安感は簡単に怒りに変わる。私が割って入ろうとしたときに、お待ちください！　とオーナーが声をあげて視線を集めた。その手にあるスマホが小刻みに震えている。

「で、電話！　電話です！」

　彼はスピーカーに設定して通話をする。

『もしもし！　僕はペンション〝ダイヤモンドダスト〟のオーナーです！　今ペンションの中で大変なことが起こっているんです！　至急、警察に連絡をし――』

『もしもし、明日予約をした伊勢崎《いせざき》です』

　声が聞こえる。電話はつながらないはずなのに。

『伊勢崎様！　僕たちはペンションに閉じ込められているんです！　お願いします！　警察を呼

んでください、大至急です！　命に関わる事態なん――』

『何かそっち、吹雪で大変なことになってるみたいですけど、大丈夫ですか？　もしもーし、吹雪がひどいんなら明日はキャンセルするしか無いんですけど、その場合ってキャンセル料は発生するんですか？　と言うか明日ってペンション開けます？』

　まるで話がかみ合っていない。

　こっちを見たオーナーに、私は首を横に振った。おそらく、声が届いていない。

『何だこりゃ。つながってるっぽいのに』

という言葉があって、あっさり通話が切られてしまった。

対して先生が、なるほど、と小声で言った。

「電波すらもループの外には出られないのか」

「え、どういうことです？」

「非常口は倉庫内とつながり、窓は透明な板で塞がれている状況でも、外から雪は吹き込んでくる。それと同様に、電話の電波も外部からここには届くが、こちらの声は外には出ていかない。インプットはできても、アウトプットはすべてだめ、ということだ」

　はー、と私は息を出す。それで今の電話も、予約客の声は私たちに聞こえていたのに、オーナーの声は向こうに聞こえていなかったのか。声すらアウトプットできない。

　……じゃあ、どうすればいいの？

希望が消えてなくなり、皆が部屋に戻っていく。もう夜十一時を回っている。何より吹雪が非常口から吹き込むので、もこもこのダウンコートを着ていても廊下は寒い。

スマホをしまったオーナーが、声をかける。

「皆様、廊下は極寒です。ドアは閉めて、暖房をつけてお休みください。僕と妻は空いている5号室に、田久保君は6号室に泊まるので、何かあれば声をかけてください」

寒さから逃げるように、私と先生も客室に戻る。

ベッドの端に背筋正しく腰をかけた先生は、腕組みをして何か考えている様子。

私は何よりもまず、お風呂だ。

コートとセーターを脱いで、皺にならないようにハンガーにかけておく。そんないつもの入浴準備が、この状況では、ひどくおかしなことをしているかのように感じる。

私は寝間着を手にユニットバスへ。

シャツと下着を脱ぎ、浴槽に入る。蛇口をひねって少し待つと、シャワーの水が温かくなっていく。こんなことになってシャワーまで浴びられなかったら、最悪だった。

温かくなったシャワーを頭から浴びる。

非常口調査のときに床で擦った膝を見ると、皮が少しめくれている。ちくちくする痛みに耐えながらお湯をかけて、めくれた皮をぺったりと張りつける。そうしていて気付いたけれど、育てていたネイルも、どこにぶつけたのか先っぽが欠けてしまっている。

不意に、涙がこみ上げてきた。

思い立ったが吉日、と前乗りしてスキーに来たのに、もうどうやっても今日が吉日になることはない。それどころか、人生でまれに見る厄日になってしまった。

涙をシャワーで流して寝間着に着替え、ユニットバスを出て窓の前に立つ。

「荒れるな」

後ろから先生の声が聞こえてきた。

もう荒れている、窓外の吹雪も、私の心の中も。雪と風でカタカタ震える窓に手を当てる。精緻な結晶が無数に集まっている雪は美しく、そして、とても恐ろしい。

*

眠りは浅く、寝苦しい夜を過ごした。

呻《うめ》き声とともに目覚めた瞬間から気分は最悪だった。

暖房の利いた室内、先生はイスに座って外の景色を眺めながらコーヒーを飲んでいる。昼下がりの英国紳士のような優雅な佇まいだ。窓の外が大吹雪じゃなければ。

寝間着の胸元と裾を直してから、おはようございます、と声をかけた。

「おはよう。うなされていたが、大丈夫か」

「ええ、冷蔵庫に閉じこめられる夢を見ました」

「ふむ。今の状況にぴったりの悪夢だな」

　枕元のスマホで確認すると、午前七時十分。私は窓辺へ行く。

　窓を二十センチほど開けると、それだけで風に体が押される。傍のテーブルに置かれたペンで窓外の宙をつついてみると、硬い何かに触れた。透明な板は消えていない。

　溜息すら風に吹き飛ばされて窓を閉め、一瞬でぼさぼさになった髪を整える。

「あります、まだ、ループ……」

　このままじゃ親戚の結婚式に行けないどころか、欠席の連絡すらできない。食事も一日分しかないとなると、何とか今日中にこのループから抜け出さなければならない。

「先生、ずっとそこにいたんですか。廊下には出てみました？」

「まだだ。摩季が起きるのを待っていた」

「じゃあすぐに準備します」

　私はワードローブから出したセーターに着替える。極寒廊下に備えてニット帽を被ってマフラーを巻き、ダウンコートを羽織る。手袋をした手でドアノブを摑んだ。

　けれど、なぜか押し開けられない。

「あれ？」

　私が苦戦していると、先生の低い声が、ドライヤーだ、と言った。

「客室の暖房で発生した結露が、廊下の冷気で凍りついたのだろう。それならドアの隙間にドライヤーで温風を当てて、凍った部分を溶かせばいい」

さすが先生、的確な助言だ。予《あらかじ》め想定していたのだろう。私はドライヤーのコードをユニットバスのコンセントから延ばして、ドアの隙間にじっくり熱を当てていく。

ノブを回すと、今度はすんなり開いた。

廊下は寒い。やはり、外と変わらない状態になっている。

忍鳥様、と声をかけられて振り返ると、廊下の向こうから人が来る。ハイネックの作業用防寒着で顔はほとんど隠れているけれど、声からしてオーナーに違いない。

「おはようございます。眠れましたか？」

「ええ、一応」

「私はぐっすりでした。ところで客室のドアが凍っていませんでしたか」

「凍ってました。でもドライヤーで溶かせますよ」

「あ、なるほど、ドライヤー……そんな手がありましたか。僕と妻も色々考えたんですけど、結局は力ずくで格闘して、今やっと部屋から脱出できたところです」

「奥さんはどちらに？」

「先に脱出していた片瀬様と一緒に談話スペースにいます。僕はまだ出られていないお客様のドアをノックして、ドライヤーを使う方法をお勧めしてきます」

先生と談話スペースに行くと、マウンテンパーカとスキーウェアの女性が二人、ソファに座っている。マフラーや帽子で顔は隠れているけれど、片瀬さんとオーナーの奥さんだろう。彼女たち二人の間に会話は無く、スマホを見たり、読書をしたりしている。

どんな本があるか、そもそもページは開けるのか、と凍った本棚に目を向けたとき、私のスマホに着信があった。画面を見ると、結婚式に参加するお母さんからだ。

『あ、摩季？　あたしだけど。あんた前乗りしてもう岩手にいるのよね？　どこ泊ってるの？　すぅっごい吹雪だけど大丈夫？　式場行けそぅ？　ねぇ、摩季？』

ただ、昨日の伊勢崎さんのときと同じように、こっちの声は届かない。

『お母さん！　ダイヤモンドダストってペンション！　助けて――』

訴えの途中で、野太い雄叫びが廊下に響き渡る。

オーナーの声、非常口の方だ。

私は先生と顔を見合わせてから、廊下を進んでいく。

「オーナー、どうしましたか！」

壁に背をつけたオーナーが、非常口に指を向けて震えている。

その様に何かを予期してか、耳がキンと鳴った。

外から吹き込んできて床に溜まっている大量の雪が、かき氷のイチゴシロップのように朱に染まり、その中から防寒着を着た両足が突き出している。廊下も外通路も、降り続ける雪に埋もれてはいるものの、突き出た両足の先には、どう見ても上半身が無い。

私は弾かれたように、その場に尻餅をつく。

これは、まさか……

「倉庫だ」

と告げた先生に、あう、と応じた私は、何とか立ち上がって廊下を進んだ。

倉庫に着くと、ドアの前で足を止める。この閉じたドアの向こうに、遺体の上半身があるのは間違いない。唾を飲み込んで腹を決めてから、ノブを摑んでドアを開けた。

感じたのは、部屋に立ちこめた血の臭い。そして、むっとする空気、湿気。

明かりをつけると――あった、男性の上半身が。

確認するまでもない。死んでいる。

両手を投げ出したうつ伏せの格好で、広がった血の海に腹から上だけが倒れている。その異様さと鼻をつく悪臭に、喉の奥からこみあげるものがあって口を手で覆った。

ループによる、人体分断。

遅れてきたオーナーと体を仰向けにすると、茶髪が張りついた顔が露わになる。

「たた、た、田久保君……」

口を押さえたオーナーが指の間から声を出した。

「ま、まさか、ループを通り抜けようとして……」

遺体の顔は眠っているようでもあるけれど、血色を失って青ざめている。伸ばした手は硬直し、力を入れて掴んだら、ぽきんと折れてしまいそう。

「きゃああああああああっ」

と声をあげたのは、出入り口にいるカップルの彼女。腰を抜かしてその場にへたり込んだ彼女の他にも、宿泊客たちが顔を歪めて見ている。出入り口から一歩も入らず。

転がるように遺体から離れたオーナーが、彼女に肩を貸して立たせた。

「し、しっかりしてください。皆様も、談話スペースへ、行きましょう」

私はうなずく。こんなところにはいられない。

もしもこの狭い二階でパニックが起きて、混乱が伝染したら、大変なことになる。無謀にもループから逃げ出そうとして、分断される人が出てしまうかもしれない。

皆に続いて私も遺体から逃げようとしたとき、ふと先生が言った。

とても静かな、低い声で。

「この遺体はおかしい」

「せ、先生、何を言ってるんですか……」

「遺体の鼻や頬骨《ほおぼね》だ。見てみろ」

「え、ちょっと待って。見なきゃ、だ、だめですか?」

「ああ、重要なことだ」

と言われても困るけれど、私は顔をしかめて、おそるおそる田久保さんを見る。

とたんに自分の呼吸が荒くなる。表情豊かな生前の彼を知っているからこそ、血の気を失った顔を受け入れられない。下手な彫刻を見ているかのような不気味さがある。

「鼻の頭や頬が紫に変色し、水疱《すいほう》ができているだろう」

「火傷の痕……とか？」

凍傷だ、と先生は答える。

「極度の低温にさらされたときに起こる血行不全によって、体組織が凍ってダメージを受ける。重度の凍傷では神経が壊死《えし》し、切除しないといけないこともある」

「田久保さんは極寒の中にいた、ってことですか」

「そうなるな」

そういえば、と私は思い出したことを口に出す。

「ここに入ったとき、血の臭いと一緒に、むっとする空気——熱気を感じました」

倉庫にあるエアコンは今は止まっているし、廊下から入ってくる冷気で室温はどんどん冷えていっているけれど、少し前まで暖房が入っていたのかもしれない。

「暖房か」

とつぶやいた先生が腕組みをして考え込む。

昨夜、非常口からのループでここに入ったときには、室内に暖房は入っていなかった。ただその後、オーナーが電源を入れたということは考えられる。

「摩季、直ちにオーナーに事実確認してきてくれ」

「それは、まあ、はい」

任された私は倉庫から出て、談話スペースへ。皆にペットボトルの飲料水を配っているオーナーに、ちょっといいですか、と声をかけると、彼はすぐに来てくれた。

「お、忍鳥様、ずっと田久保君の遺体を見ていたんですか。へ、平気ですか」

「平気なわけないじゃないですか！　でも仕方ないんですよっ」

先生には助手が必要だから、仕方ない。

私は深呼吸をしてから、それより、と本題に入った。

「昨日の夜、私たち宿泊客が解散して客室に入った後、オーナーと奥さん、田久保さんはまだ廊下に残っていましたよね。どなたが一番後に部屋に入ったんですか」

「それは私ですね。妻と田久保君が部屋に入った後で、私が廊下を見回ったので」

「その見回りのとき、倉庫の暖房を入れました？」

「暖房……？」

「ええ、さっき倉庫に入ったときに、室内が少し暖かかったように感じたんです」

倉庫内に冷気で劣化してしまう物でもあるのなら、あり得ること。

「僕は少し見回った程度なので、倉庫には入っていません」

「そうですか……ありがとうございます」

「でもどうしてそんなことを？」

「いえ」

暖房が利いていた部屋で防寒着を着ていた遺体の顔面に凍傷、というのは明らかにおかしいことだけれど、今はまだ黙っておいた方がいいだろう。混乱を招きかねない。

私はオーナーに礼を言って倉庫に戻ると、遺体を見ないように先生に報告する。

「暖房は入れていないそうです」

「それなら深夜に倉庫内に入った何者かが暖房を入れた、ということだ」

「何のために、です？」

「さあな。ただおかしなことがもう一つ出てきた。倉庫に暖房が入っていたなら、他の客室同様、ここにも結露が発生する。その露は廊下の冷気で、ドアを凍らせたはず」

「はい、まあ」

「それなのに私たちが来たとき、ここはすんなり開いただろう」

「あ」

確かに、客室のドアはドライヤーを念入りに当てないと開かなかったのに、倉庫のドアは何の抵抗もなく開いた。私は遺体が気がかりで、ドアなんて気に留めなかった。

先生は倉庫の片隅に積まれたスペアのドライヤーを見ながらつぶやく。

「倉庫に暖房を入れ、ドライヤーでドアの氷を溶かし、出入りしていた者がいる」

その事実が指し示すことは、明らかだ。

「これは事故じゃなくて、事件、ってことですか」

「田久保は何者かに殺された可能性が高い。しかもこんな、体を一刀両断されるような殺され方は、ループじゃないとできない。つまり犯人は、田久保が境目を抜けたタイミングでたまたま体が分断された〝不慮の事故死〟に見せかけようとしているのだ」

ただ、大きな疑問があると私は思った。

「先生、ループの途切れが起こるタイミングは、ランダムなんですよね」

「ああ。おそらく」

「それなら犯人が、田久保さんにループを抜けさせたとしても、丁度そのタイミングで途切れが起きるとはかぎりません。ループを犯行に使うなんて無理じゃないですか」

初めに私がループを通ったときのように、人が通った瞬間に途切れが起こるなんて普通はあり得ない。ランダム性の高いループを利用するなんてできるのだろうか。

そんな私の疑問に先生はうなずいて応じる。

「何か方法があるのだろう。これはループを凶器にした犯行だ」

思案中の先生を倉庫に残して、私は談話スペースへ行く。

今では遥か遠い場所になった階下のフロントから、ホッホ、ホッホと鳩時計の音が聞こえてきた。腕時計を見ると午前九時丁度。時間の感覚が無くなっている。

談話スペースに集まった宿泊客たちに、オーナーが乾パンと缶詰を配っていった。昨日のディナー、ラム肉とシーフードパスタどころか、私が夜毎食べている栄養摂取用の手料理よりも味気ない。けれど、数に限りがある物はすべてもらっておきたいところ。

宿泊客たちの表情は暗く沈み、とても食べ物が喉を通る状況じゃない。私にしてもお腹はまったく空いていない。あまりのショックで、お腹の虫も鳴かな——

鳴った。お腹が鳴るのは、まだ頑張れる証。

「忍鳥様、お疲れ様です。さあ、どうぞ」

缶切りでパイナップルの缶詰を開けてくれたオーナーに、私は聞いてみた。

「オーナーは昨夜、部屋を出ましたか？」

「亡くなった田久保君を夜中に見なかったか、ということですか？」

「ええ、まあ」

と濁す。犯人は当然、今ペンションの二階にいる誰かなのだ。

「僕はずっと部屋で寝ていました。雪山でペンションなんてやってますけど、僕たちは寒いの苦手なんです。それでなくても……ループがある廊下には出たくないですし」

そこで咳払いをしたオーナーが、一同に声をかける。

「昨夜、田久保君を見た方、会った方はいませんか？」

皆の目がオーナーに向いて、カップルが応じた。

「昨夜って解散後？　あたしとコウジはずっと部屋にいました」

「居心地が悪かったけどな」

「あんたが悪いんでしょ。くだらないことでぐちぐち、器がちっせーんだよ」

「てめぇ！　ユミこそ一年も前のことほじくり返してんじゃねぇ！」

昨日から続く痴話喧嘩を、片瀬さんの挙手と言葉が遮る。

「わたしも部屋から出てません。サブスク見ながら寝てました」

私は念のため彼らの発言をメモしておいたけれど、まあ、皆、見てないと言うだろう。深夜、吹雪が入ってくる極寒の廊下に進んで出ていた者がいたら、どう考えても怪しい。ループによって分断された田久保さんの死への関与――殺人事件を当然疑う。

「そもそも、田久保君はどうして部屋から出たのでしょう……」

というオーナーの疑問に片瀬さんが応じる。

「ループが消えてるかを見に行ったんでしょ」

仮にループが消えているとしても、この吹雪でペンションからは出られない。わざわざ皆が寝静まっている時分に、極寒の廊下でそれを確認なんてする必要はない。

ただ、誰かから〝ループが消えているかも〟と呼び出されたら？

……従業員の立場だと確かめずにはいられない。

そこで食事を配り終えたオーナーが、とにかく、と皆に言う。

「ここはとても寒いですから、お食事はできれば客室の方でお取りください」

オーナー夫妻とコウジさんがすたすたと客室に戻っていき、談話スペースに残ったのは気の強そうな二人の女性客。痴話喧嘩中のユミさんはともかく、片瀬さんの方も強がってはいても一人でいるのは不安なのだろう。寄り集まりたい気持ちは、私もわかる。

私は窓辺に立つ。吹雪は一向に収まらず、窓に大小様々な雪つぶてを打ちつけている。雨戸を閉めるべきだけれど、透明な板があるから雨戸を引くことすらもできない。

と、眼下を進む一筋の光が目に入った。

「あれは――」

ホワイトアウトした景色の中を慎重に移動する、車のヘッドライト。人だ。

私は慌ててオーナーの客室へ駆けて、ドアをノックした。

「オーナー、来てください！　車！　誰かが来たみたいです！」

乾パンを手にした彼が飛び出してきた。

「山岳救助隊ですか！」

わかりません、と言おうとしたとき、カランコロン、と小気味良い音が鳴った。

入り口の二重ドアが開かれた音に合わせて、私たちは階段に急ぐ。

「オーナー、ループに気をつけて！」

階段途中にあるループの境目に触れないように、慎重に段を下りていった。もしも指一本でもループに入ってしまったら、7号室まで戻らなければならない。

「いやぁ、死ぬかと思った」

と入ってきたのは、無精ひげを生やした男性。一人。今まで車に乗っていたからか、防寒着じゃなく厚手のセーターを着ている。どう見ても山岳救助隊じゃなく、山男。

こっちに気づいていない彼はフロントでベルをチンと鳴らす。

「こんちはー、予約した伊勢崎ですよー。ホワイトアウトであやうく崖に突っ込むところでしたけど、命からがら辿り着きましたよー。誰か、いませんかー」

伊勢崎さん。昨日の電話の相手だ。

ループの境目ギリギリに立ったオーナーが、大きく手を振りながら呼びかける。

「こっちです、伊勢崎様！　二階です！　階段！　来てください！」

しかし彼は無視してフロントのベルを鳴らし続けている。

聞こえていない。声すらループを抜けられない。

背筋が薄ら寒くなる断絶の中、伊勢崎さんはカエルの歌のリズムに合わせてベルを鳴らしてから、誰かいないんですかー？　と食堂を覗き、階段の方にやってくる。

「ちょっと誰かー。おいおい、せっかく来たのに勘弁してくれよー」

「伊勢崎様！　ここです！　階段にいます！」

必死に声がけをするオーナーの言葉は届いていないだろうけれど、伊勢崎さんは頭を掻きながら階段を上り始めた。そして、こっちを見上げてぴたりと足を止めた。

固まったその表情がみるみる歪み、目が見開かれていく。

その顔からにじみ出ている感情は——

恐怖？

「い、伊勢崎、様？」

「うわあああああああああああっ」

突然、叫び声をあげた彼は、逃げるようにペンションから飛び出していった。まるで二階へ行くより、吹雪のホワイトアウトに呑まれる方がマシとでも言うように。

彼はいったい何を見たのか。彼には私たちがどう見えたのか。

「ま、待って、ください、伊勢崎様……」

オーナーが力なく伸ばした右手が消えた。ループの境目に入ったのだ。

まずい。もし今〝途切れ〟が起こったら、オーナーの手がすっぱりと切り落とされる。かと言ってループは不可逆なので、強引に手を抜き出すこともできない。

やむなく私が背中を押すと、彼は倒れながらループに突っ込んだ。

その、ループの境目に消えていったオーナーの体勢を見て、私は一つの確信を持った。田久保さんの遺体は、上半身と下半身に分断されていた。おそらく彼も、犯人に今のように後ろから突き飛ばされて、倒れ込むような体勢でループに入れられたのだろう。

幸いオーナーは上下にわかれることなく、無事ループを抜けられたけれど、どうして田久保さんはタイミング悪く途切れが起こってしまったのか。さっぱりわからない。

吹雪の中を単身行軍してきてくれた希望が去り、7号室から戻ったオーナーと、痴話喧嘩中のユミさんはとぼとぼ自分の客室に帰っていった。片瀬さんは談話スペースのスツールに腰かけてスマホの画面を眺めている。私は意気消沈しつつ先生が籠もる倉庫へ。

ノックをしてから入室すると、先生は遺体の傍に座っている。

「摩季、来たか。ここを見てごらん」

「ま、またですか。見なきゃだめなんですよね？」

「早く慣れなさい」

慣れられるわけがない。というか先生は平気なの？　などと考えても仕方ないので横目で見ると、先生が指しているのは、遺体の手。灰色の手袋の指先が黒ずんでいる。

「汚れ……ううん、血、ですかね、これ」

「指の怪我かもしれない。摩季、遺体の手袋を外してみなさい」

「手袋を外すっ？　私ただのＯＬですよ、しかも転職活動中！」

「転職は関係ない」

「あります、心がくたくたなんです。ね、オーナーに頼みましょ！」

「甘えるな。何事も経験だ」

「そんな経験、必要じゃないと思いますけど……」

私は猫のように床に伏して、はわわわ、と声を出しながら遺体の手袋を引っ張って外した。やはり指先が血で赤黒く染まっている。爪が割れたり、剝がれたりしている。

「さて、田久保はこの傷をいつ負ったのかだ」

はっとした。田久保さんの体はループによって、瞬間的に分断されている。それならおそらく、彼は自分の体が二つになったことすら気づかずに息絶えたはず。

つまり、と私は言う。

「爪の怪我は人体分断が起こる前に負ったことになります」

田久保さんが犯人と争ったのなら、指先だけがこうなるのはおかしい。何かを引っ掻いた痕だろうか、などと考えていると、それで摩季、と先生が声をかけてきた。

「何かあったのか」

「あ、そう！　そうなんです！」

この吹雪の中わざわざやってきた伊勢崎さんが、こっちを見ただけで一目散に逃げ出したということを伝えると、先生は腕組みをして、なるほど、とうなずく。

「いったいどういうことでしょう?」

「その伊勢崎から電話があったとき、こちらの声は彼に届かなかった。音はループ内に入ってくるが、外には出ていかない。それと同じこと。つまり、ブラックホールだ」

「ブラックホール……宇宙の?」

「そう、このループはブラックホールと同じ。入るもの拒まずだが、何ものも出ることを許さない。光さえもな。光がループの外へは出ていかないと、どうなる」

目は光を捉えることで初めて対象を視認することができる。その光がループから出ていかないなら、外にいる人の目には光は届かない。ということは――

「伊勢崎さんには私たちが見えなかった」

「そう。より正確に言うのなら、伊勢崎には〝何も〟見えなかった。摩季たちの姿も、階段も、二階の壁や天井も。おそらく彼は、この世で最も黒い空間を見たのだ」

それは確かにブラックホールと同じだ。

「せっかくの助けがぁ……先生、予想していたなら何で教えてくれなかったんですか。事前にわかってたら、伊勢崎さんに何とかこっちに来てもらえたかもしれないのに」

「無理だな。誰が好きでブラックホールになど入ってくる? しかも、一度入れば二度と出られないのだ。こちらの都合で伊勢崎の命を奪うことにもなりかねな――」

そこで先生は、ふと言葉を止めた。

「先生？」

顎に手を当てて何かを考えている。切れ長の目が左右に動いている。いや、倉庫内を見回しているのか。しばらくそうしてから先生は、指をパチンと鳴らした。

「摩季、超常現象を利用したとしても、不可能を可能にすることはできない。大事なのは何が不可能かを見極めることだ。そうすればシンプルな仕掛けが見えてくる」

「仕掛け、って？」

「ループの途切れを確定で起こす仕掛け。それを凶器にする方法がわかった。犯人はこの倉庫にある物を使い、殺人を自動で遂行する恐ろしい装置を作り出した」

ループの途切れを確定で起こす？　殺人を自動で遂行？

不穏な言葉に心臓が高鳴っている。

「ちょっとわかりませんけど、じゃあ犯人は誰なんですか」

「それはわからないな。わかったのは、ループを使って人を殺す方法だけだ」

私は先生のマネをして指を弾く。あまり良い音は鳴らなかったけれど。

「あと一押しなら私が皆に聞き込みして、情報を集めてきますよ！　オーナー夫婦以外にも、田久保さんと関係している人がいるかもしれませんしね！」

「やめておけ。聞いても誰もまともには答えない」

「そう、ですかね」

「動機の調査などは警察の調査力と情報量があって初めて成立するもの。後ろ盾もない一介のOLが聞き込みをしたところで、嘘をつかれて終いだ」

「だったら、今ある情報だけで何とかしなきゃいけないってことですか」

先生は不敵な笑みを浮かべて、そうだ、と言った。

「が、作ってみれば、見えてくるものもある」

「え？　作るって何を、ですか」

「ギロチンだ」


先生が考えをまとめている間、オーナー夫妻が田久保さんの上半身と下半身を、毛布ですっぽりとくるんだ。声をかけ合い、田久保さんが昨日泊まった客室へと運んだ。

ベッドに毛布のまま横たえた遺体を見ながらオーナーはつぶやく。

「田久保君は、スキーと夜遊びに明け暮れて会社をクビになっても、人生は楽しんだ者勝ち、と笑うような子でした。ああ……親御さんや彼女に何て言えばいいのか」

この状況を何て説明すればいいのか、なんて私にもわからない。ただ何とかわかってもらうためにも、今はこの二階から抜け出さないといけない。

昇った太陽が吹雪で覆われる、午前十一時過ぎ。

オーナーに皆を談話スペースに集めてもらった。やってきた彼らの目は輝いている。おそらくループから脱出する方法がわかった、と勘違いしているのだろう。

先生が前に出ると、私は聞き役に回る。

それで、とオーナー。

「調査によってわかったこととは何ですか……？」

「ループ現象を、犯罪に利用する方法だ」

「犯罪に利用？　そんな方法を思いついて、どうするんですか」

皆が訝しげな目を向けるけれど、先生はまるで気にしていない様子だった。

「思いついたのではない。わかったのだ」

「はあ、申し訳ありません」

先生の言葉は確信に満ちていて私は好きだけれど、皆の前で話すときくらいもう少し穏やかな話し方をして欲しい。私の普段の言葉遣いを参考にするとか。

「あなた、そんな話し方でしたっけ」

という片瀬さんの訝りも気にせずに先生は、まず、と始める。

「田久保の死は、事故ではない。殺人事件だ」

え、と声をあげて立ち上がったのはコウジさん。

「殺人？　誰かに、こ、殺されたってこと？　けど、昨日のと同じだろ」

「分断されたクリスマスツリーとはまったく違う。今回は間違いなく事件だ」

「マジかよ」

先生の言い様に、私は少し不安になってくる。皆の前で事件と言い切ってしまって大丈夫なのだろうか。先生自身、犯人が誰かはわかっていないと言っていたのに。

眉を寄せた片瀬さんが口を開いた。

「でも、ループの〝途切れ〟は断続的、ランダムのタイミングで起こるんですよね。ランダムなら、殺人なんてことには利用できないんじゃないですか」

「だからそのランダムを１００％に上げる装置を犯人は使ったのだ」

「１００％？　80とか90％じゃなくて？」

「80や90％というのは逆に不可能だな。そんな調整はできない」

「え？」

「ループを利用した装置で可能なのは１００％の死だけだ」

私にとっても意外な言葉だった。１００％の死、なんて可能なのだろうか。

「簡単な装置だ。今から作る。この二階にある物でな」

先生を先頭に皆で倉庫に赴く。今朝の倉庫は暖かかったけれど、今は寒い。

私はただ黙し、先生の言葉を拝聴する。

「昨夜の解散後、皆が寝静まった深夜に、人知れず自分の部屋を出た犯人はこの倉庫に来て、ここに置かれたある物に目をつけた。これだ」

　ワードローブだ。

　オーナーがその観音開きの開き戸を一度開閉してから、説明する。

「これは元々は客室で使っていた物です。つい先日、中のハンガー掛けが壊れてしまったから倉庫に移したんです。いずれ修理に出そうと……」

　確かに、私の客室にもある木目調のワードローブと同じ物だ。中の横幅は一メートル、奥行きは六十センチくらいだろうか。収納できるスペースも変わらない。

　私はふと気づいた。ワードローブの中に、小さく黒い粒が点々と落ちている。何かと思ったけれど、ただの黒い毛玉だった。かけていた衣服から落ちた物か。

　それで、とオーナー。

「このワードローブがいったい何なんですか」

「戸を開き、壁に向かい合わせた状態で設置する」

「そ、そこの壁は……」

「ああ、非常口とループでつながっている壁だ。ワードローブは木造りだから、両腕で抱えて引きずれば一人でも動かせる。ではオーナー、セットしてくれ」

　えぇ、と呻きとも取れる声で応じたオーナーが、ワードローブを引きずる。先生は一切手伝わないし、他の人も巻き込まれるのを恐れてか物言わぬ見物客になっている。

「これで、いいですか」

「ありがとう。次はワードローブが動かないよう、つっかえを作る。つっかえさせる物は何でもいい。そうだな、使えそうなのは昨日ループによって分断された非常口のドアとスペアのテーブル辺りか。これらを並べてつっかえを作ってくれ、オーナー」

「ぼ、僕一人で、ですか？」

「そうだ。犯人も一人でやったのだ」

という理不尽な説明に対して、オーナーは肩を落としてぼそりと言う。

「人使い荒いなぁ……」

確かに、無口で不愛想な先生の性格は誰にも知られていない。

それでもオーナーはもくもくと、横倒しにした非常口のドアとテーブルを並べてつっかえを作る。先生は一切手伝わず、腕時計を見ながらその作業時間を計っている様子。

「はあ、はあ、こ、これでいい、ですか」

「ああ。ワードローブは固定された」

先生がワードローブを両手で揺すってみるも、ぴくりとも動かない。一つうなずいた先生は、プラスチック製のスコップをステッキのように床につきながら倉庫を出た。

「次、非常口」

ドアがなくなっている非常口から外を見ると、今や廊下と一続きになっている外通路と柵は大量の雪に覆われている。荒れ狂う吹雪は今も廊下に入ってきていて、寒さに皆が顔をしかめている。いや、ここにあった田久保さんの下半身を思い出しているのか。

「ループの境には触れるな」

と忠告した先生は廊下に溜まる雪をスコップですくい上げた。

非常口から吹き込み、床に山のように積もっている雪を、先生はスコップですくいあげてループの方に放り出す。空中を飛んだ雪はループの境目で消える。

「こうしてループに雪を投げ入れていく」

これにユミさんが応じる。

「雪はループを抜けて、倉庫にセットしたワードローブに入るわね」

「そうだ。そしてこれで下準備は完了。ここまでおよそ二十分というところか。その下準備の後、犯人はターゲットである田久保を呼びにその客室に行った」

「でも、何て声をかけるのよ？」

「呼び出しに使う嘘の口実などいくらでも考えられるが、大方、非常口のループが消えているかもしれないから一緒に確認してくれないか、などというところだろう」

「バイトなら一応、見に行くか」

「犯人は田久保を連れ出し、二人でこの非常口にやって来た。ループの境目を覗き込んだ田久保を、犯人は突き飛ばしてループに放り込んだ。するとどうなる？」

「倉庫のワードローブに、突っ込む」

先生はうなずいて、上半身だけな、と言う。

「雪が詰まっているワードローブには全身は入らない。遺体状況から察するに、倉庫のワードローブに上半身が入り、下半身がこの非常口に残ったままになったのだろう」

「何それ、怖そう」

「田久保は当然、もがく。実際、遺体の指にはもがいた痕が残っていた」

田久保さんの爪は手袋の中でいくつかが割れて、剝がれていた。あの痛々しい手の怪我は、彼がワードローブの中で必死にもがいた痕に違いない。

「しかし、ループは不可逆だ。いくらもがいたところで非常口側には戻ることはできず、かと言って、つっかえて固定されたワードローブを押し倒すこともできない」

確かにあれは内側からじゃどうすることもできない。

先生は更に言う。

「この殺人装置は、入ったら最後、二度と出ることはできない。光さえ抜け出せないブラックホールのように。非常口側に出ている両足は、暴れて音を出さないように犯人が押さえつけていたのだろう。助けを求める田久保の声も、雪が防音となって響かない」

……そういうことか。

ランダムの途切れを100%起こす方法——それは途切れが起こるまでずっとループから抜け出せないようにすること。犯人が倉庫のワードローブと非常口に積もった雪で作ったのは、田久保さんの上半身を固め、叫び声を消し、雪で徐々に体力を削る装置。

それがループを使った、ギロチン。

唖然としている皆の前、先生は話を進める。

「人体分断が起きた後、犯人は遺体の下半身を非常口に残し、倉庫内に移動した。そこでワードローブのつっかえを解いて、田久保の上半身を取り出して床に置いた」

オーナーの奥さんが口に手を当ててから声を出した。

「ワードローブの中は、血だらけ、よね？　血塗《まみ》れの雪はどうするの？」

「犯人は血を吸って赤く染まった雪も掻き出して、遺体の周囲にばらまいた」

「遺体の周囲に……？」

「ああ。暖房を付け、倉庫にあるスペアのドライヤーを使って暖めれば、血の染みこんだ雪は遺体の周囲で溶ける。田久保から流れ出たように見える、というわけだ」

「雪を、そんなふうに、使うなんて……」

それがこの犯行の肝、と先生が告げた。

「つまり、犯人は雪を使ってスポンジのように血を吸わせ、出血現場をワードローブの中から床に移動させたのだ——事故死に見せかけるためにな」

血を吸った雪のスポンジは、暖房とドライヤーを駆使して溶かせば、消えてなくなる。さっき見たワードローブの中もすっかり乾いていたので、あれも夜通し暖めたのだろう。だから今朝、私たちが倉庫に入ったとき、室内にはまだその熱が残っていたのだ。

むっとするその熱気と湿気を思い出して、私は寒気を感じた。

しかし、と言ったオーナーが、ある種の緊張感をもって先生に尋ねた。

「いったいどなたがそんなことを……？」

一同が固唾を呑んで見守る中、先生は一言、発した。

「さあな」

そのたった三文字の言葉で張りつめていた空気が一気に弛緩し、私も顔を手で覆う。見切り発車。先生にも、まだ犯人がわかっていなかったのか。溜息も聞こえてくる。

「何それ。がっかりです、探偵さん」

という片瀬さんの文句に、先生は肩をすくめる。

「落胆するのは勝手だが、私は、犯人を当てる、とは言っていない」

「はいはい、じゃあわたしは部屋に戻ります。犯人がわかったら呼んでください」

バラバラとその場を離れる皆を見ながら、先生が、ただ、と言う。

「犯人をつきとめる方法はわかっている」

「え？」

「正確には、つきとめるのは犯人が泊まっていた客室だが」

で、とコウジさんが話を促す。

「どうやったら犯人の部屋がわかんの？」

「簡単なことだ。皆、体験したからわかっていると思うが、今朝、客室から出られなかっただろう。ドアが凍りついたことがその原因。そして、それは犯人も同じだった」

「まあ、それはそうだろな」

「ただし、犯人は部屋から出られないのではなく、部屋に入れなかったのだ」

「……ん？」

「殺人装置を造る作業におよそ二十分、田久保をループに突き飛ばしてから人体分断が起きるまでの時間は不明だが、暖房で雪を溶かして装置を片づけるまで最低でも三時間。練習や証拠隠滅の時間も含めると、おそらく合計四時間以上はかかっているはずだ」

「よ、四時間、そんなに？」

「その間、犯人はずっと自分の客室から離れていた、ということだ。犯行を終えて自室に戻ったとき、ドアは完全に凍りついて開かなくなっていただろう。倉庫にあったスペアのドライヤーも、コードが短すぎて廊下にあるコンセントから客室までは届かない」

その言葉に、オーナーが補足を加える。

「浴室用ドライヤーはあえてコードを短くしているので、廊下のコンセントから近い客室のドアにも届きません。ただ、それなら犯人はどうやって部屋に戻ったんですか」

「戻ってはいない」

「え？」

「犯人は自室に入ることを諦め、暖房の利いた倉庫内で寒さをしのいだ。そして朝になってから、さも自室から出てきたかのように振る舞っていたのだろう」

「な、何ですって」

つまり、と先生は皆を見回して告げる。

「他の客室は朝になって皆が出てきたから開くが、犯人の部屋はずっと凍りついたままだった。外側からは開けられなくなっているはずだ、現在進行形でな」

「しかし……犯人がもし暖房を消して犯行に出ていたら、ドアは凍結しなかったんじゃないですか。結露が発生しなければ、凍りつく水滴も生まれないので。ですよね？」

「そうだな」

「で、では、犯人の部屋が開かないかどうか、わからないんじゃ……？」

「ああ。だが、今朝から一度も部屋に戻らなかった者がいるだろう」

私は記憶をたどる。そんな人、いたっけ……？

「要は逆算だ。この犯行にかかる長い時間と、不自然な人物の行動を考え合わせると、犯人は自室に戻らなかったと推測できるわけだ」

「な、なるほど。それなら、すぐに確認しましょう！」

声をあげたオーナーに皆がついていく。

周りに誰もいなくなると、先生は付け加えるように私に言う。

「もちろん、何かの手違いでドアが開かなくなっただけという可能性もあり、言い逃れはできるが、犯人か否か確かめる方法は他にもある。……だから、後は摩季がやれ」

先生は試す目を私に向ける。

さあな、という三文字でお茶を濁していたけれど、おそらく先生には犯人がわかっている。わかった上で私に解かせようとしている。どんなときも教育を施すのが先生。

……交代、するしかない。


皆で一室ずつ回っていったところ、あった。今も凍りついて開かない一部屋が。

片瀬さんの部屋。

一同の目が向くと、片瀬さんはどういうつもりか肩をすくめた。そう言えば、確かに彼女は、今朝は誰よりも早くから談話スペースにいた。食事のときにも自室には戻らなかった。伊勢崎さんが立ち去った後も、彼女一人が談話スペースに留まっていた――

ドアが凍結していたから、だろうか？

あなた！　とオーナーの奥さんが声を荒らげた。

「あなたが田久保君を殺したの！　ねぇ、そうなの！」

「ちょっと待ってください。わたし何もやってませんから」

「だったら何でドアが開かないのよ！　あなたが廊下に出てたからでしょ！」

「出てたのね？　ねぇ、田久保君を殺したのね！」

「それは……」

「い、痛い！」

摑みかかった奥さんを、オーナーが止める。

「落ち着くんだ。まずは彼女の言い分を聞こうじゃないか」

オーナーが割って入ると、片瀬さんは肩で息をしながら言う。

「わ、わたしは確かに、部屋を出ました」

「やっぱり！」

と奥さんが吠えると、片瀬さんは首を振る。

「ろ、廊下にはいたけど、田久保さんを殺すなんて、していません」

やはり犯行は否定するか。彼女の表情や身振り手振りが演技かどうかは、私にはわからない。

先生の方に目を向けても、目を閉じたまま、助け船は出してくれない。

仕方がないので、私は尋ねる。

「それなら、あなたは廊下で何をしていたんですか？」

「寝ないでずっとループを見てたんです」

「ループを……見ていた？」

「非常口じゃなくて、階段の方のループです」

「でも片瀬さん、サブスク見ながら寝たって言ってましたよね」

「ええ。だってループを見ていたなんて言ったら、頭がおかしいって思われるじゃないですか。でもこんな珍しいこと、わたし、興味が抑えられなくて……」

私は顔を歪める。うまい言い訳だ。

自分の嗜好《しこう》を引き合いに出されると、なかなか崩せない。物的証拠がいる。

順に考えてみる。まず、田久保さんがワードローブに閉じ込められて殺されたことの証明はできる。人体分断時に飛んだ血は雪が吸っただろうけれど、中に付いたまま残っている血もあるはず。それを警察がＤＮＡ鑑定すれば、田久保さんの血だってわかる。

片瀬さんが、夜間に廊下に出た、という証言も皆が耳にしている。

しかしそれらを結ぶ証拠となると——

私は再び先生に懇願の目を向ける。

壁に寄りかかった先生は溜息を吐いて、そんなこともわからないのか、という目で見下ろしてくる。ただ、ヒントはくれる。先生は私にしか聞こえない声で告げた。

「手袋だ」

　はっとした。

　まさか、ワードローブの中で見た〝アレ〟はそういうことだったのか。私は片瀬さんに歩み寄って、その手をぐいと摑んだ。手袋をするりと抜き取る。

「な、何するの！」

　何の変哲もない厚手の黒い防寒用手袋。

　けれど、手袋に無数にくっついているポワポワの毛玉には見覚えがある。それは、犯行に使われたワードローブの中に落ちていたあの黒い毛玉と同じ物だった。

　分断された田久保さんの上半身や雪を掻き出すときに、毛玉が落ちたのだろう。

「か、返せ！」

　と片瀬さんが伸ばしてきた手を躱した。

　極寒の廊下での犯行時、彼女はおそらくずっとこの手袋をつけていた。

　そんな手袋をなぜ処分しなかったのか。できなかったのだ、ループによってこのペンションの二階から出られないのは手袋も同じ。どこに捨てても、いずれ見つかる。自分の客室に入ることができれば、手袋を洗ったり、切り刻んでトイレに流したり、ということもできただろうけれど、ドアが凍りついていて彼女には開けることができなかった。

　だから彼女はずっと手袋をつけていた。

それなら——

「この手袋には必ず田久保さんの血が付いてます」

眉を寄せた片瀬さんに、私は追い打ちをかける。

「あなたはこの手袋で、田久保さんの血を吸い込んだ雪をワードローブ内から掻き出したはずです。警察がＤＮＡ鑑定すれば、この手袋はあなたの犯行の証拠になります」

片瀬さんはうつむいて、唇を震わせている。握りしめた両手も震えている。

その全身が物語っている、彼女が〝完落ち〟したことを。

「どうして、こんなことをしたんですか」

彼女は無言。犯行自体は認めたものの、犯行の理由は語らない。

片瀬さんをロープで拘束した後、私たちは交代でループの監視をした。境目にモップの柄やスキーストックなどの棒を差し入れておけば、ループがあるかどうかを判断できる。ただ、たまに途切れが起こって分断されたときは棒を入れ直す、という監視方法。

階段側のループが途切れる《棒が分断される》ペースは、およそ三十分〜一時間に一回程度。ただ、ほんの短い間のようなので、クラウチングスタートの格好で待ち構えていても、その瞬間に通り抜けることはできそうにない。田久保さんのように体が真っ二つにされてしまう。

そんなループが全面解除されたのは、その日の夜、七時過ぎ。

突如として、階段、非常口、窓の空間が元に戻った。

ほぼ同時に、岩手県警警官隊と山岳救助隊がペンションにやってきた。

吹雪が多少弱まってきたことで、調査・救助に来られるようになったらしい。警察に連絡してくれたのは伊勢崎さんだった。ペンションから逃げ出ていった彼はそのまま車に籠もり、ペンションで起こっている異常事態と自分の救助を警察に要請したらしい。

県警と救助隊は、田久保さんの遺体を見て腰を抜かしていた。

私たちはもちろん、ペンションの二階のみで起こったループによる惨劇を事細かに話していったけれど、誰も納得してくれなかった。そりゃそうだろう、と思うけれど。

それよりも気になったことがある。

それは、ペンションの〝外〟で見つかった女性の遺体だった。

県警と救助隊は私たちを助けに来る途中、ペンションから二十メートルほど離れたところで女性の遺体を発見していたのだ。吹雪でホワイトアウトした山道で、ガードレールを突き破って崖から転落した車の運転席で亡くなっていた、一人の女性だった。

警察官に拘束された《現場検証で》ままその遺体を見た片瀬さんが、声をあげた。

「いやあああ！　みどり！　何でこんなところでっ」

彼女の名前は篠宮《しのみや》みどり。田久保さんが前に付き合っていた女性らしい。遊び人の田久保さんに、他の子と遊びたい、と一方的にフられたにもかかわらず、みどりさんは諦められずに田久保さんのバイト先〝ダイヤモンドダスト〟を何度も訪れていたという。

片瀬さんが涙を拭いもせずに語る。

「小さい頃から体の弱い子だった。それで健康な男に憧れたのね。女の体はそうできてるから。遺伝子が求める。みどりは体の強い子供が欲しかったの。そうじゃなかったら誰があんな男！みどりは付き合ってる頃から、あいつに暴力を振るわれてたのよ！」

遺体を前にした彼女は、少し情緒不安定になりながら話した。

片瀬さん――旧姓・篠宮あかねさんは、みどりさんの姉。仕事が忙しい両親は家を空けることが多かったから、二人はいつもくっついて過ごしていた。大人になり、片瀬さんが結婚してからも二人は仲が良く、奥手な妹の初恋も応援していたという。

だからこそ片瀬さんは身勝手な田久保さんに腹を立て、みどりさんにさっさと忘れるよう何度も忠告していたらしい。けれどみどりさんは、田久保さんに固執し続けた。

まるで、自分に時間がないことを知っていたかのように。

みどりさんは、重い病気にかかる。

彼女の歳で患うことは珍しい、死に至る病。生来の免疫力の低さが招き寄せてしまった死神だった。彼女は大学をやめざるを得なくなって、病院での生活を強いられることになる。それでも彼女は田久保さんに会うために、度々、病院を抜け出していた。

健康な者にとっては取るに足らないたった一つの出会いを、自分の終活にでもするかのように。

実際、恋を止めないことで彼女の命はかなり延びていたらしい。

しかし、想いだけでは病には勝てず、時が経ち、医師から許された一時退院。最後の自由。みどりさんはそれを普段通り、田久保さんに会いに行くことに使おうとする。

「それを阻んだのが、あの吹雪」

片瀬さんは顔を歪め、妹の心境を推しはかりながら語る。

「いつ収まるともわからない吹雪が来てしまえば、当分の間はどこにも出られなくなる。雪が止んだ後も除雪しないと車道は使えない。その除雪が終わるまでにいったいどれだけ時間がかかるか。……みどりにはとても、それを待つ時間は残されていなかった」

だから、と震える声で続ける。

「家を抜け出して、ペンションへ車を走らせたの。そうよね？　みどり」

しかしペンションまでもう二十メートルというところで、雪で視界を失ったのだろう。車はガードレールを破って崖を滑り落ち、彼女は大怪我を負う。それでも車内から抜け出ようと奮闘した痕跡が残っていたけれど、ドアが壊れていてそれは叶わなかった。

みどりさんの命は、目的地からたった二十メートルの車中で潰えた。

顔をうつむけている片瀬さんに、私は聞く。

「あなたはどうしてペンションに行ったんですか」

「わたしの目的も、あいつ、田久保だった。そのときはあんな吹雪が来るなんて思ってなかったから、田久保にあることを頼むためにペンションに行ったの」

「頼む？　何をですか」

「危篤のみどりに会って欲しいって、頭を下げたのに、あいつにはそんなつもりはなかった。情が移ったら、死んだとき悲しくなるだろ、って悪気もなく言ったのよ」

　私は両手を口に当てた。それはあまりにもひどい。ただ――

「そう言われたから、田久保さんを殺そうと思ったんですか？」

「まさか。殺すつもりなんてなかったわよ。だって予想通りだったから。あいつは予想通り、人の尊厳《そんげん》を踏みにじっても、何とも思わない人間だった。よくいるでしょ、そういう人間。共感する能力が低いんでしょうね。私の仕事場にもいるわ」

「じゃあ、どうして殺したんですか」

「ループが起こったからよ」

「え？」

「ねぇ忍鳥さん、あなたにはあのループが、どう見えていた？」

「……ループは、初めはアスレチックに、最後はギロチンに見えました」

「そう。わたしにはずっと、あの世への門に見えていたわ。田久保をこっちに送って欲しい、と言っているように感じたの。だからわたしはそうした。ふふ、田久保がみどりに会わないなら、田久保を送るしかない。せめて、あの世で幸せになれるように」

言い訳にしか聞こえないな、と先生が私にしか聞こえない声で言った。

「ループを利用すれば、罪を犯しても足が付かない、と思ったのだろう。それで殺人に対するタガが外れてしまった。憎い暴力男をループという暴力で叩き潰しただけだ」

それより摩季、と雪上を進む。

「おいで」

先生は、雪に開いた凹みに指を向ける。

近づいてみると、それは雪が四角くえぐり取られていて、新雪にナイフを差し込んでくりぬいたかのように綺麗だった。まるでループで分断されたツリーの断面。

「これはおそらく、できそこないのループ空間だ」

「できそこないの……ループ？」

「同様の空洞が、積もった雪の中に大小いくつもできている。しかも、車内にある篠宮みどりの遺体とペンション〝ダイヤモンドダスト〟を結ぶ直線上に、点々とな」

先生は木々の間に見えるペンションの二階を指した。

私は目をしばたたく。

「え、つまりループはみどりさんが起こしたってことですか？」

「あるいは、彼女の遺体が、な」

確証のあることじゃない。みどりさんにも確かめられない。ただ、もしその仮定が正しいのなら、みどりさんは田久保さんに対してどんな想いを抱いて、彼をループの中に閉じ込めたのだろう。一途な愛なんかじゃない。未練か、独占欲か、あるいは憎悪か。

そこで先生が低い声で言った。

「篠宮みどりの想いが何にせよ、それが遂げられたからループが消えたのだろう。浮気男に生涯をかけざるを得なかった哀れな女性が無事、想いを遂げて逝ったのだ」

先生の手にはいつの間にか一輪の赤い花がある。

冬に咲くことはない、彼岸花。

「安らかに、眠れ」

草木も育たない白銀の冬野に手向けられた赤い花は、先生の手から離れた瞬間、空気に溶けるように消えた。その花を誰も見ていない。見えるわけがない。

先生と、同様に。


先生と初めて会ったのは、二十年近くも前。けれど小学校の先生とかじゃない。まだ幼かった私の前に現れて以来、付いたり離れたりしながらも、結局は一緒にいる人。

名前は教えてくれない。ので、当時のアニメに出ていたイケメンの〝先生〟というキャラクターに似ていたから、そう呼ぶようになった。小学校時代は父親のいない私のパパ代わり、中高時代は勉強を教えてくれる家庭教師であり、淡い恋心を抱いたこともあった。それ以降は……決して手の届かない憧れの存在、のようなイメージを持っている。

そんな先生のおかげで、私は初めから、得体のしれないループという現象を受け入れられた。〝先生という存在〟と一緒に暮らす私にとって、それは日常茶飯事だから。

先生という存在――

というか彼は存在しない。

私たちの関係性を何と言えばいいのだろう。私にとって先生は確かに存在しているけれど、他の人には先生のすらりとした姿は見えず、澄んだ重低音の声も聞こえない。先生が常に私にしか聞こえない声で話すのは決して、小声で、という意味じゃない。

先生は物にも触《さわ》れず、私以外の人と話すこともできない。

だから〝交代〟が必要になる。

交代をすると、私の体に先生が上書きされる。私の体を先生が操ることになる。あのループを凶器とした異常な犯行を暴いたときも、私と先生は交代していた。

だから謎を暴いたのは、私なのだ。

もちろん、その謎解きの様子を見ていたオーナーや宿泊客にとっては、私が急に無愛想な話し方に変わる（もとい〝紳士的な〟話し方に変わる）わけだから、変に思った人もいるだろう。だから交代しているときくらいは、私の話し方に合わせて欲しいのに。

先生の一人称が〝私〟で良かった。

無愛想な話し方に変わるだけなら〝今はたまたま機嫌が悪いのか〟で済まされることでも、私が突然〝俺〟や〝僕〟なんて言い出したら、さすがに怪しまれるから。

幸いにも私が別人に交代していることは気づかれなかったようだ。

先生のことは秘密。絶対に、誰にも知られてはいけない。

もし知られたら……

第二話　月夜のストップ

群馬県、水上《みなかみ》駅からレンタカーで二時間走ると、目的の建物が見えてきた。深い森の中にある、絵画に描かれるような広大な屋敷。石造りの三階建てで、三つある煙突から灰色の煙が曇天へと昇っている。イギリスのダートムアから一軒丸ごと日本に輸入したヴィクトリアン・ハウスを、当主が代々受け継いでいるとのこと。

「先生、ずいぶんと古いお屋敷ですねぇ」

「外観だけな。見ろ、摩季」

という澄んだ重低音の声が響いた。

後部席から伸びた先生の手は、敷地を囲む石垣を指している。高さ二メートルほどの上部には、赤外線センサーらしきものが張り巡らされている。一定の間隔で石垣の中に埋め込まれている監視カメラも侵入者がいないかを見張る。古いのは見た目だけか。

ハンドルを握る私は、チェスのクイーンに似た形の照明がしつらえられた門の前で停めて車から降りる。むせかえるような草花の匂いの中に、せせらぎも聞こえる。

インターフォンのボタンを押すと、男性の声が、はい、と応じた。

『土岐《とき》家執事の磯貝《いそがい》が承ります』

『こんにちは。ご依頼をお受けした忍鳥摩季です』

『ようこそおいでくださいました。ただ今、門をお開けします』

その言葉とともに、キィと蝶番《ちょうつがい》が軋む甲高い音を響かせて門が開いていく。

『どうぞ、お入りください』

私は礼を言って、車を敷地内に進める。

外の森とは違い、庭園の木々は綺麗に整形されて、今も庭師が高枝切り鋏を持ってせっせとトピアリー造りに勤しんでいる。奥には石畳の散歩道やら東屋も見える。

蓮の葉が浮いた噴水を回り、私は車を駐車スペースに停めた。

先生と並んで花壇の道を歩く。不躾な小娘だと思われないようにしなくては。洋館の入り口に辿り着く頃には、パソコン作業で丸まった猫背もすっかり伸びていた。

さあ、初仕事だ。髪をまとめた私はライオンのノッカーを鳴らす。

間もなく開かれたドアの向こうで迎えたのは、グレーの髪をオールバックに撫でつけた紳士だった。五十代くらいか、皺があまりない細い顔は整っているけれど、口元に笑みはない。髪と同じグレーのスーツは後ろのテール部分が燕の尾状に伸びている。

先生のスリーピースのダークスーツは、まさにこの場にぴったり。私の方も転職を決めたときに奮発して買った少し高めのパンツスーツで来て正解だった。

私を一瞥したグレーの紳士が口を開いた。

「家令の磯貝と申します。遠路遥々お越しいただき、ありがとうございます」

丁寧な言葉に反して、虚空を見つめる三白眼が少し冷たい感じがした。

臍《へそ》を両手で抑えるようにして一礼をした彼に、私も礼儀正しく頭を下げた。家令はハウス・スチュワードとも言って、最上位の執事だということはネットで調べてある。

磯貝家令の導きに従って館内に入り、私は思わず息を呑んだ。

二階までが吹き抜けになった玄関ホールは、いったい何畳あるのやら。ダンスパーティが開けるほどに広く、フローリングは曇天の光さえ曇り無く反射させる。木造りのシックな色合いに合わせたシャンデリアもアンティーク調で、溜息が出るほどの優雅さ。

ホールの正面に飾られた絵画に目を奪われる。夜空をバックに、純白のドレスを身に纏った美しい女性が描かれた油絵で、私の部屋と同じくらいの大きさかもしれない。

どこからともなくゴーン、ゴーンと寂しげな鐘の音……

ホールはガランとして、人の気配はない。話し声も靴音も聞こえない。すべて幻なのかもしれない。そう考えて、幽霊の類が大の苦手な私は戦々恐々としていたけれど、壁にかけられた鏡には磯貝家令の姿がきちんと映っている。それで、ほっと一安心。

ああ、よかった。鏡に映らないのは先生だけだ。

一年前、岩手県のペンション〝ダイヤモンドダスト〟で起こったループ事件をきっかけに、私は人智を超えた不可思議な出来事に興味を持った。そういう事例は〝超常現象〟と呼ばれ、例えば人体消失や自然発火など、昔から世界各国で起こっているようだ。

根が単純な私は、そんな現象を調べたい、と思った。

そこで転職活動を休んで一年間勉強をして、超常現象調査士の資格を取った。今日はその初仕事。土岐家で起こっている異常を調べて欲しいという依頼だ。

「主の寝室は二階です」

肖像画がいくつも飾られた階段を上る。

廊下に延びる赤地に銀装飾の絨毯の先で、磯貝家令は足を止めた。ドアの両側には色彩豊かな草花の鉢が並べられていて、明らかに他の部屋と区別されている。

「ここは元はコンサバトリーでした」

談話室を兼ねた温室のことだそうだけれど、私の実家にはそのどちらもないので、想像ができない。ドア前に立った磯貝家令は、二回ノックをしてから中に声をかける。

「お嬢様。忍鳥様がいらっしゃいました」

お入りください、という女性の声の後、磯貝家令がドアを開いた。

凝った装飾の調度品とファブリックに溢れ、暖炉のマントルピースの上には美術品が並ぶ。バルコニーに続いている東側は一面ガラス張りになっていて、曇天でも光が入って明るい。梁と繋がる四つの柱には蔓草が絡みついていて、森に立つ木々を想わせる。

そんな部屋の中央には天蓋付きキングサイズベッドが鎮座しているけれど、白地に金の花柄が編み込まれた不透明のカーテンが天蓋から降りていて、中は見えない。

風でそよぐ天蓋カーテンの向こうを覗こうとしたとき、靴の音が聞こえた。

ベッドの陰から若い女性が歩いてくる。紫のワンピースに同じ色のジャケットを着ている。スカートの裾にはペイズリー模様があしらわれて、ディテールに高級感が漂う。首元を飾るのはネックレスとコサージュ。黒い靴を履いた細い足が目の前で止まった。

お召し物は雅だけれど、お顔立ちは……日本史の教科書にある清少納言っぽい。

「お待ちしておりました。私は土岐双葉《ふたば》と申します」

「初めまして。超常現象調査士をしております、忍鳥摩季です。ご依頼の件でお伺いさせていただきました。内容は極秘。加えて緊急性の高い案件、とのことですが……」

「はい、急を要します。ですがまず、ご紹介させてください。こちらで眠りについているのが土岐家の当主で私の姉、土岐一葉《かずは》……もう三ヶ月、目覚めておりません」

彼女はベッドの天蓋カーテンをめくる。

目を閉じて横になっているのは、ホールの絵画の美女。一点のシミもない白肌には桜色の唇が浮き、切り揃えられた黒髪には蛍光灯が映って光の輪を作っている。鼻筋は通り、顎のラインもすっきりとしている。まつ毛なんて長すぎて、毛虫にも見える。

清少納言の姉は、クレオパトラか楊貴妃か。

ただ、その双眸は閉じたまま開かれることはない。皺なく整えられたベッドカバーやシーツ、乱れのない御髪《おぐし》が、彼女が身動き一つしていないことを示している。かろうじて命を証明する物は、ベッドから伸びるいくつものカテーテルと、心電図の波形。

ピッ、ピッ、ピッ、ピッ――

事業家の両親が不慮の事故で亡くなったことで、若い姉妹が莫大な資産と現世から切り離されたような屋敷を継いだ。その館の中、一葉さんは眠り続けている。

「姉様の眠りとともに、屋敷内でおかしなことが起こるようになったのです」

私は神妙な顔でうなずく。

「詳しくお聞かせください」

イスに腰かけた双葉さんは、目に涙を浮かべて経緯を語り始める。

一葉さんは三ヶ月前に高所から落ちて意識を失い、そのまま目覚めなくなったそう。外部からの刺激には反応を示さないけれど脊髄反射はあって、呼吸や排泄行為もある昏睡に近い状態。そして眠ったまま三日が経った頃、一葉さんの自室で異常が起こった。

「清掃中の使用人も、暖炉で揺れる炎も、室内の一切が動きを止めたのです」

「動きを……止めた？」

「はい」

三十分が経って人と物が動き出した後、一葉さんをコンサバトリーに避難させると、今度はここで停止が起こる。それで、その現象の根源が一葉さんだと考えたという。

「停止する範囲は徐々に広がっていきました。一部屋から二部屋、四部屋になり、二階すべてに広がり、やがて館のどこにいても三十分間、停止するようになったのです」

私はあっけにとられて、魚のように口をぱくぱくさせていた。

先生が私にしか聞こえない声でつぶやいた。

「ストップ現象、ということか。厄介そうだ」

双葉さんは今にも泣き出しそうな顔に両手を当てた。

「使用人たちも不気味がって、ほとんどが辞めてしまいました」

それでこの巨大な館の中が、こうも静まりかえっているのか。

土岐家はこれまで医師や超常現象調査士に一葉さんの覚醒を依頼してきたけれど、それは叶わず仕舞い。そこで今回、新人の忍鳥摩季に白羽の矢が立った。責任重大だ。

私は頬を叩いて気合いを入れてから尋ねる。

「次はいつストップが起こるかわかりますか。一度、体験してみないと」

言って深呼吸をして、心構えをする。ストップ中に息苦しくなるかもしれない。息を吸って肺に酸素が満たされた状態でストップするのが良い。とは言え、もし苦しくなったとしても、三十分も我慢できるはずがないから、そのときはそのとき……か。

　そうして備える私に、双葉さんは顔を上げて告げた。

「あっ、忍鳥さんはもう体験していますよ、ストップ」

「……え？」

「事後承諾になってしまい、申し訳ありません。たった今もこの館はストップしていました」

　私は目をしばたたく。先生も眉根を寄せている。

「本当、ですか」

「信じられないのも無理はありません。ストップ中は、体の機能――脳も停止するので、それを認識することはできないのです。しかし確実に三十分が過ぎています」

　ただそれなら――

「どうして双葉さんは、ストップが起こったことがわかったんですか？」

「外の〝時計モニター〟で確認しております」

　双葉さんが窓に指を向ける。ガラス張りの窓の外、木造の古めかしいバルコニーには不釣り合いなモニターが置かれていて、そこにデジタル時刻が表示されている。

　その説明を磯貝家令がする。

「館内にある時計はすべてストップの度に停止し、三十分ずつズレていきます。そこでストップの影響を受けないこのバルコニーに時計モニターを設置して、正刻を計っているのです。その表示が一気に三十分飛ぶと、ストップが起こった、とわかります」

「なるほど……」

時計モニターには高性能な自動補正機能が搭載されていて、頻繁に補正が行われているので常に正確だという。館内にも自動補正機能付き電波時計はあるものの、ストップの影響でズレているかもしれないので、もう誰も見なくなっている、とのことだった。

調査を請け負うという契約書にサインをすると、双葉さんは悲痛な表情で語る。

「私たち姉妹は、他界した両親から多くの事業を継ぎましたが、それを一手に引き受けていたのが姉様です。本ばかり読んで育った私に対して、姉様には事業経営の才があるのです。その姉様がこうなっては、ひいおじい様の代から受け継がれてきた土岐家の事業を私たちの代で潰してしまうことになります。資産が減っているのです、どんどん！」

と言ったかと思うと、急に近づいて私の手を握ってきた。

「忍鳥さん、お願いします。この現象を調べ、姉様を目覚めさせてください」

うなずいた私は、更に聞き込みをした。

一律に〝三十分間〟すべてのものが停止するこの現象は、一週間周期で決まった時間に起こっているらしく、土岐家はその表を作って日々のストップに対応している。私も今日のストップ・

タイムスケジュール表を渡された。次は二時間後に起こるようだ。

今度は館の外で、館内がストップする様子を見たい。

その旨を磯貝家令に伝えると、彼も同行するという。おそらくこの冷徹そうな家令は私のことを値踏みしている。こんな小娘に土岐家の危機が救えるのか、と。

正直、そんなの私にもわからない。

時計モニターを確認しながら、二時間後、私たちは館の外に出た。

ホールを通りかかったメイド服姿の茶髪女性に声をかけて、こっちに来てもらう。磯貝家令が見張る中、事情を話してストップ中の姿を見せてくれるように頼んだ。

「ええ、構いませんよ。あたし、一葉様のお世話係の三島莉奈《みしまりな》って言います」

館の内側に立って丁寧に頭を下げた彼女に、私も一礼を返す。

「私は忍鳥摩季です。よろしくお願いします」

「あなたは一葉様の不思議現象を調べてるんですよね」

「はい。一度ストップを体験したみたいなんですけど、まるで気づかなくて……」

「ですよねぇ。あたしも初めは半信半疑でした。なーんにも感じないし」

磯貝家令よりも遥かに話しやすい人だ。私は聞いてみる。

「患者さんのお世話をするなら看護資格を持っているんですか」

「ええ、これでも少し前までは大学病院勤めの看護師だったんですよ。病院で働くと、髪型とかアクセサリーとか下着の色まで制限されるんですけど、ここにはそういうのはないから自分に合っています。メイド服も可愛いし、お給料もとてもいいんです」

「でも、ストップは怖くないんですか……？」

「別に。ただ止まるだけですよ」

「でも、止まったまま、二度と覚めないかもしれませんよ」

「それならそれで、眠れる森の美女ですね、ふふ」

　さすが看護師、肝が据わってるわ……

　前髪を直した彼女は気恥ずかしそうに、それで、と言う。

「一つお願いがあります。あたしが止まっても、鼻の穴とか見ないでくださ――」

　言葉の途中、彼女はぴたりと動きを止めた。

　その様に私は目をパチパチさせて、

「すごい」

　と思わず言ってしまった。本当に止まった……

　私と先生は三島莉奈さんの顔面を覗き込んだ。おすまし顔を作ろうとして頬をわずかに染めた表情のまま、固まっている。半目になっている瞳の潤いが渇いていくこともない。前髪も風に吹かれた形で、ハードスプレーで固めたようになっている。

　ぶるりと体が震えた。ちょっと気味が悪い。

自分の意思で動かないようにしている、とかじゃない。そう、例えば、映画の登場人物がリモコンによって一時停止される――そんなどうしようもない隔たりを感じる。

「これがストップ……」

ようやく実感がわく。確かにループと一緒、超常現象だ。

三島莉奈さんだけじゃなく、ホールすべてが止まっている。吹き込む風でなびいたカーテンは彫刻のように固まり、卓上の三つ叉ロウソクの炎は揺らめきもしない。

後ろに立つ磯貝家令に尋ねる。

「館中がこんな状態なんですか」

「はい。ただ、バルコニーや屋根などの天井のないスペースは、ストップの影響は受けません。そういった場所は〝外〟というくくりになっているようです」

私は館内に手を伸ばす。ストップの影響範囲に外から手を入れるとどうなるのか、と興味を持ったけれど、お待ちください、と磯貝家令に止められた。

「ストップ中の館内にはどうやっても入ることはできませんし、非常に危険です」

「危険？　どういうことですか」

百聞は一見に如かず、と彼は私の前に出て、何のつもりか胸ポケットから万年筆を取り出した。

そしてその尖った先端を館内に向けて、ダーツの要領で投げ放った。

それは、空中で停止した。

万有引力の法則に逆らって、宙に浮かんでいる……

「なっ、何ですか、これは」

「これがストップです。万年筆の持ち手部分に触れてみてください」

言われたとおりに触れてみても、万年筆は空中にがっちり固定されていて動かない。これを手でやると、ストップの範囲に触れた皮膚が剥がせなくなってしまうのか。

ちょっとトイレに行きたいので、触るのはやめておこう。


日が傾いた午後七時、二階ダイニングルーム《食堂》へ。

ディナーは午後八時から。執事を始め清掃人や庭師など、この得体の知れない館に留まっている勇敢な使用人全員でダイニングに集まって食べるのが、土岐家のルール。

高い天井から低く釣られたシャンデリアの下、マホガニーの長テーブルには銀の燭台やら観葉植物が置かれていて、その周囲に食器やグラスが整然と配置されている。使用人はほとんどが辞めてしまっているので、残った者たちで協力して料理を運んでいる。

ただ、そこに双葉さんの姿がない。

私は豪華な室内を見回してから、磯貝家令に聞いてみた。

「双葉さんは別室で食べるんですか」

「いえ。今はコンサバトリーにいらっしゃるかと。ディナー前に世話係が一葉お嬢様の健康チェックをするのですが、双葉お嬢様は毎日それに立ち合っているのです」

「……その健康チェック、私も同行してもいいですか」

「それも調査のためでしょうか」

「もちろんです」

　磯貝家令から双葉さんに連絡してもらって、同行の許可をいただく。男性入室禁止ということなので、磯貝家令は室外待機、私（と先生）だけでコンサバトリーに入る。

　バルコニーの時計モニター表示は現在【PM　7・32】

　天蓋のカーテンは四面すべてが開かれて、主の姿が露わになっている。ネグリジェもシーツも肌も、真っ白。先ほどのストップ時に協力してくれた世話係の三島莉奈さんが今日の健康チェック担当らしく、血圧やサチュレーション値などを測ったりしている。

　一葉さんのネグリジェをはだけさせた三島莉奈さんは、心電図の三つの電極シールを胸部から一つずつ剝がして、かぶれないように肌を丁寧に拭いている。短時間、一つずつなら電極シールを外しても警告音を鳴らさないように設定してあるようだ。

　三島莉奈さんが手につけている半透明の薄いゴム手袋は、一葉さんに雑菌やウィルスを感染させないようにするための看護用手袋とのことで、私もつけるよう言われた。

　私はベッドに寄り、傍らのイスに座る双葉さんに声をかける。

「一葉さんはどうですか。悪いところはありませんか」

「ええ、体は健康なのです、けれど……」

　目覚めない。

　先生がゆっくりベッドに近づいていく。

　音も質量もなくベッドに腰を下ろした先生は、一葉さんにそっと顔を寄せる。黒縁眼鏡越しに切れ長の目で眺めながら、繊細な指の動きで頬に触る様は英国紳士のよう。

　美男美女の所作に見惚れていたのが、三島莉奈さんの声で現実に引き戻される。

「じゃあ、おしっことうんちを処理してきますね」

　ベッド下の袋を替えた彼女が退室すると、私はベッド横にしゃがんだ。

　先生の隣で、一葉さんの寝顔を眺める。肌は白く、張りがあって、きめ細か。一葉さんは三十代らしいけれど、年の離れた妹の双葉さんより若く見える。

「もしかして……美容整形ですか？」

　鼻筋が少し、人工的。

「姉様は完璧主義者です。酔ったときによく言っていました。衰えたくない、と。そのままで十分綺麗なのにレーザーでホクロを消して、皺を消して、整形していました」

「美容ノイローゼ、ですか」

　双葉さんはぽつぽつと話し始める。

「完璧を求める姉様は美に取り憑かれていました。美しいまま死にたい、なんて言うほどに。それでも仕事は完璧にこなしていたので、優越感の裏返し、持てる人の悩みだろうと私は思っていましたけれど、姉様はある日……屋敷の屋根から飛び降りたのです」

「えっ」

「厚みのあるトピアリーに落ちて奇跡的に腕の打撲くらいで済みましたけれど、姉様はなぜか昏睡状態になり、それから少ししてストップ現象が起こるようになりました」

……自殺未遂。死を願うほどの若さと美貌への執着。

それが、ストップを引き起こす要因になってしまったのだろうか。肉体が停止すれば、その間、一葉さんは歳を取らない。美貌や若さが損なわれることもない。

そんな一葉さんの深い眠りがこのストップ現象のトリガーになっている可能性が高いので、やはり、まずは彼女を眠りから醒ますことか。軽度の昏睡なら強い痛みを与えることで覚醒することはあるけれど、そうすると精神障害が残ってしまうかもしれない。

いつの間にか三島莉奈さんが戻ってきていた。排泄物の袋を片付けた彼女は、心電図をチェック。そして天蓋カーテンを閉めながら、私に声をかけてきた。

「どう思います？　美しいまま死にたい、って」

「うーん」

「美しくなりたいっていう気持ちはわかります。でも、美しいまま死ぬために美しくなりたい、なんてあたしはだめだと思います。だっておしっこもうんちも出てるんですから。体は生きようとしてるってことです。それを勝手に殺そうなんて横暴ですよ」

「そう、ですね」

「だから、美しいまま死なせないのが、あたしの仕事なんです」

と言った三島莉奈さんが、二つ目の天蓋カーテンを閉めたときだった。

穏やかな雰囲気を破る、ジリリリリ、という音が鳴り響いた。


――時計のアラーム。複数の音が重なって爆音になっている。

音源は左隣の部屋。私は踵《きびす》を返してコンサバトリーから駆け出した。室外に待機していた磯貝家令はすでに隣室に向かっていて、丁度そのドアを開けたところ。

そこは窓のない部屋だった。物置として使われているようだけれど、置いてある物のほとんどが時計。懐中時計や水晶時計、からくり時計、クロノグラフなどがずらりと並んでいる。ストップ現象によって館内で使えなくなった時計をここに集めているのか。

それらがアラームを鳴らしている。

爆音が耳を貫き、神経を刺す痛みに変わる。頭がおかしくなりそうだ。

物質に干渉できない先生が腕組みをして見守る中、私と磯貝家令は手当たり次第にアラームを止めていく。時計の数が多すぎて遅々として進まない。様子を見にやってきた双葉さんも手伝って、三人がかりでようやくアラームを止め終えた。

額に汗した私は溜息混じりに声を出す。

「何なのよ、これ……」

私が耳を掌でとんとんしていると磯貝家令は、嘆かわしい、と顔を歪めた。

「亡くなった旦那様のコレクションに、いったい誰がこんな無礼を」

確かに。いたずらだとしても、やりすぎじゃないの。

「この部屋は誰でも入れるんですか」

「はい。旦那様亡き後は開かずの間のようになってしまっていましたが、私がお嬢様に頼んで鍵を外していただいたのです。ここにあるのはどれもアンティークの良品ばかりなので、腐らせてしまうには惜しい。そこで私が、各物品の点検を行っておりました」

それがこんなことになってしまうとは、と彼は憤懣やるかたない様子。

双葉さんが私の前に立って一礼をした。

「忍鳥さん。当家の不始末に対処していただき、ありがとうございます。よろしければ、ご一緒に食前酒を飲みませんか。私はいつもコンサバトリーで姉様と飲むようにしています」

「あ、はい、じゃあ」

ダイニングにはすでに料理が揃っているだろう。腹ぺこの私としてはハイエナのようにすぐにでもそちらに向かいたいけれど、依頼主の申し出を断るわけにもいかない。

「まあ、よかった。では磯貝さん、お願いします」

「承知いたしました。すぐにお持ちします」

私たちは物置から出て、赤絨毯を歩いてコンサバトリーに引き返した。

迎えたのは三島莉奈さんの、お帰りなさーい！　という声と、心電図のピッピッピという音。

天蓋カーテンはすべて閉められていて、コンサバトリーは元通りだ。鳴り響くアラームの部屋にしばらくいたから、一葉さんの寝所はいやに静かに感じる。

ベッド脇で検診器具を抱える三島莉奈さんに、双葉さんが寄っていく。

「ご苦労様です。今、磯貝さんが食前酒をお持ちになるので、三島さんもどうぞ」

「ありがとうございます。あ、でも、その前にストップが始まりますね」

次のストップは八時丁度から。

バルコニーにある時計モニターを見ると、八時までもう十数秒。私と三島莉奈さんは声をそろえて、ストップへのカウントダウンをする。

「8、7、6、5……」

夕食へのカウントダウンでもある。

「4、3、2、1……」

バルコニーにある時計モニターが【PM　8・00】から、一気に【PM　8・40】に変わった。やはりストップ現象を認識できなかったけれど、時間が飛んだ。

ただ今回は三十分じゃなくて、四十分。

ストップ現象に何かの変化があったのか、と思ったとき、それが起こった。

雲間から差し込んだ月光の下、心電図に流れる波形のパターンが変わったのだ。

ピッ、ピッ、ピッと波打つ形から、ピーという空虚な直線に。

「え？」

開いた窓から吹く夜の風が、なまぬるく頬を撫でた。

真っ先に反応したのは、看護師を兼ねている世話係の三島莉奈さん。異常事態発生を感知した心電図が警告音を鳴らす中、彼女は急いで天蓋カーテンをくぐっていった。

丁度戻った磯貝家令も駆けつける。

「かっ、一葉お嬢様！」

私もベッドに寄り、天蓋カーテンを払って、思わず息を呑む。

何もかもが白いベッドの上に、赤い花が咲いているように見えた。

けれど違う。

花は、血。心電図の空虚な直線は、死。

私は、悲鳴を上げそうになる口を手で押さえた。

指の間から吸い込んだ空気が、ひゅう、ひゅう、と掠れた息になって出てくる。

一葉さんの頭、こめかみ辺りに矢が刺さっている。頭だけじゃなく、体を覆う布団からも何本もの矢が生え、じわりと血が滲み出ている。三島莉奈さんが必死の形相でその体を調べているけれど、わずかに開いた一葉さんの口から、もう息は出ていない。

隣に来た双葉さんが顔を手で覆ってその場に崩れ落ちた。

「姉、様……」

ゆっくり掛け布団を外すと、濃い血のにおいが辺りに、むわと広がる。

私は看護用手袋をしたままの手で遺体に触れて、傷の確認をする。矢は頭に一本、胴体に四本、右足の太腿に一本。体にはまだ熱が残っているけれど、息は絶えている。

永遠の美を求めて死を望んだ女性が願いを遂げた姿には、とても見えない。

むしろ、狩られた獣。

そんなことを考えていて、はっとした。

体にこれだけの穴が空いているのに、矢はいつ飛んできたのか。少なくとも私は、飛来する矢を見ていないし、六本もの矢が人体を貫いたときの音も聞いていない。

摩季、と先生の低い声が言う。

「気づいたか、この遺体の異質さに」

異質。そう。おかしい。矢で殺せるわけがないのだ。

今のストップ現象の前後、私たちはベッドの周りにいた——検診器具を抱えた三島莉奈さんがベッドの真横にいて、その隣に双葉さん。私と先生は入り口の辺りにいた。

室内のほとんどを見ることができる状況だった。

にもかかわらず、ストップが終わった後に一葉さんは六本もの矢が撃ち込まれて亡くなっていた。その矢が射られる音も体に刺さる音も聞こえず、そして……

私はベッド四方の天蓋カーテンを見て回る。窓から入る穏やかな風に揺れるシルクのカーテンは綺麗。皺一つ無く、凶矢が通り抜けた穴もない。ということは矢は、この天蓋カーテンがぴったり閉じていたストップ前やストップ後に飛んできたわけじゃない。

殺されたのはストップの最中——

私はその犯行を推測する。今の〝ストップ中〟にコンサバトリーに侵入した犯人は、停止している私たちの間をすり抜けてベッドに近づく。そして閉じている天蓋カーテンを開いて一葉さんに矢を撃ち込み、ストップが解除される前にコンサバトリーを去る。

ただ、すべてのものが停止する超常現象の中で、動く、なんてできるの？

途方もない考えが頭を埋め尽くしていく中、嗚咽していた双葉さんがふらりと立ち上がった。

おぼつかない足取りで出入り口に向かう彼女を、磯貝家令がすぐに支える。

「私は双葉お嬢様を部屋にお連れします。三島君は警察に連絡をして、かかりつけのお医者様にも報せてください。まだ犯人が近くにいるかもしれないので、気をつけて」

彼らが出ていく姿を見送りながら、私は一つのことを考えていた。

ストップ中に殺す方法が——

いや、そう見せる方法がわかったのだ。

私は部屋を横切ってガラス張りのドアを開け、バルコニーに出る。庭園に立つ金木犀《きんもくせい》の木々の匂いが強くなった。いくつもの観葉植物が並び、庇の下には長イスとテーブルセットが置かれている。その隅には避難用の梯子が折りたたまれて収納されている。

「どうした。摩季」

という先生に、私は小声で応じる。

「磯貝家令は〝バルコニーや屋根はストップの影響は受けない〟と言っていました。だから今のストップ中に、犯人はこのバルコニーから矢を射たのかもと思ったんです」

無理だな、と先生は即答した。

「ストップの影響を受けないバルコニーから矢を射た場合、矢がそのままベッドに到達することはない。ストップ中の室内に入った時点で、六本すべて停止する」

あ、と私はつぶやいた。そういえば、ストップ中の館に磯貝家令が投げた万年筆は、館内に入ることなく宙で停止していた。それなら矢も窓で止まったままになる。

ストップ解除後に、矢は即座に室内に進行を開始するけれど……

「私たちは矢を見てません」

「天蓋カーテンに穴も開いていない」

ストップ中にバルコニーから矢を射た場合、矢は窓で停止して、ストップ解除後に一斉にベッドめがけて飛ぶ。そのまま天蓋カーテンを貫通するはずだけれど、シルクには穴一つなかった。

天蓋カーテンを透過したかのように、一葉さんだけ射貫かれていた。

犯人はどうやって天蓋カーテンに穴を空けずに、一葉さんを射たのか。

などと考えているとき、先生に声をかけられた。

「ときに、摩季。影について何か気がついたことはないか」

まったく予想もしない質問だった。

「え、何の影、ですか」

「月光が作る影だ」

私は顔を上げて、夜空に浮かぶ月を見た。今日は朝から曇っていたけれど、今は雲はなくなって満月がくっきりと出ているので、その青白い光も地上に降り注いでいる。

ただ、その光が作る影について気づいたことは特にない。

先生も追及するつもりはないようで、いや、と言って黒縁眼鏡の位置を直した。

「私が見落としただけかもしれない」

＊

一葉さんの殺害が使用人に知らされた。

遺体を見てショックを受ける人たちと、遺体を見て考えに耽る先生をコンサバトリーに残して、私は男性使用人たちとともに不審人物の調査に出た。警戒しながら廊下を歩き、潜んでいる者に飛びかかられても対処できるよう慎重に館内を進んだ。

豪華な屋敷は、私の心を映して様相が一変していた。

人影のない長い廊下は廃墟のように荒涼としていて、いくつも飾られた格調高い肖像画も、ただひたすら不気味なだけだ。蠟燭の炎に揺られて表情を変えるそれらは、生きているようにも見えてくる。壁に掛けられた鏡には、背後に忍び寄る何かが映りそう。

程なく、通報を受けた警察が大挙して押し寄せてきた。ダートムアの絵画のような静けさに包まれていた屋敷が、明滅する光とサイレンの音に包囲される。機動隊は現着と同時に広大な敷地内に散開していって、人海戦術による不審人物捜査を開始した。

一方、一葉さん殺害の謎に当たるのは〝警視庁超常現象対策室〟。

玄関ホールにぞろぞろとやってきたその捜査員たちに、私は小さく会釈をする。超常現象調査士の資格を持っている彼らは、ストップ現象のことも把握しているようだ。

「忍鳥摩季さん、お久しぶりね」

と声をかけてきた美人の長身女性は、確か三駒綾瀬《みこまあやせ》警部。一年前のループ事件のとき、都内に帰った私にしつこく聞き込みをしてきた人だから、顔もはっきりと覚えている。

「あなた超常現象調査士になったそうね」

「え、はい。どうして私が調査士になったことを知ってるんですか」

「そりゃループ事件を解いた人材のことはマークするわよ」

「マークって……」

「突然起こった超常現象に乗じて金品を盗むクズ、不法侵入するクズ、殺人を犯すドクズはいるけど、そんな事件を解き明かせる人は警視庁にもなかなかいないから」

解いたのは先生だけれど、それは言えない。

「今回も期待してるわ」

「は、はあ」

それから、私が事の経緯を話している間にいくつかの事実が判明した。

警棒と懐中電灯、拳銃を帯びた屈強な機動隊員たちが人海戦術で、闇に落ちた庭園を含めた敷地内すべての捜査を行ったけれど、不審人物は見つからなかった。

警察の立ち会いの下で磯貝家令が確認した石垣の赤外線センサーにも、異常はなかったようだ。

そもそも、センサーを越えて立ち入る侵入者（動物でも）があった場合は、警報が屋敷中に鳴り響いて、警備会社にもすぐ連絡がいくようになっているとのこと。

今は警察が、石垣中に埋め込まれている監視カメラ映像を巻き戻して確認している。数が多くて作業は遅々としているけれど、そこにも不審な人影は映っていないそうだ。

石垣に施された過剰な侵入者対策に対して、屋敷の敷地内には監視カメラは設置されていない。

プライベート重視でカメラを嫌う一葉さんの意向——それが裏目に出た。もしも敷地内がカメラだらけだったなら、犯人はすぐにわかったかもしれないのに。

ただ、調査によって凶器が見つかった。

害獣用に所持していたクロスボウの一つが、庭園の一角にある池に落ちていたという。矢の射出時にボウ自体に残される痕跡を鑑識が調べているところだけれど、一葉さんに刺さっていた矢はそのボウから撃ち出された物で間違いないだろう、とのこと。

コンサバトリーから離れた庭園の池に捨てられていたらしい。

私は先生を無人のビリヤードルームに連れ込んで、推理を話してみる。

いや、推理というほどのものじゃない。わからないことだらけなので、最初の考えに立ち返っただけ。時間停止中に動ける人間が殺害したんじゃないの、という推測だ。

ビリヤードルームは広く、フローリングから壁、テーブルなどは木造のアンティークで色が統一されている。中央には本格的なビリヤード台があって、台上にはラックでナインボールの形が作られている。どこからともなくタバコのにおいが漂う、気がした。

そんな室内でソファに腰かけて優雅にコーヒーを飲む先生に、私は告げる。

「犯人は双葉さんか三島莉奈さんじゃないでしょうか」

「訳を聞こう」

「八時にコンサバトリー内にいた彼女たちのどちらかが、ストップ中に動ける〝特殊な人間〟なんです。ストップ中、どこかに隠していたクロスボウを出して、天蓋カーテンをめくって一葉さんを射殺したんじゃないですか。とても単純です」

対して先生は、一言。

「ストップ中に動くことはできない」

合理的な考え方をする先生なら、そう言うと思っていた。

「すべてのものが停止するんだから人間が動けるはずない、ってことですか」

「いや、そういうことではない。すべてを停止させる超常現象があるのなら、いかな状況下でも活動できる超常現象もあるかもしれない。可能性として吟味すべきことだ」

その発言に私は目をぱちぱちとさせる。

「せ、先生。ストップ中に動くことはできない、って言ったばっかりですよ」

先生は一切動じることなく、足組みをしてコーヒーをすする。

「何も矛盾はない」

「え……えっ」

「ストップによってすべてのものが停止する中、ふと意識が覚醒し、あまつさえ体を動かせるようになった者がいるとしても、その者はストップ中に動くことはできない」

「はい？」

ストップ中に動ける者がいるとしても、ストップ中に動けない……？

からかわれているのか、とも思ったけれど、違うらしい。

「その者自身がストップ中に動けるとしても、服はストップの影響を受ける。磯貝家令が投げた万年筆同様、ストップ中、服はその場に固定されているのだ」

あっけにとられる。服のことなんて、考えもしなかった。

「ストップ中に動けても、固定された服からは抜け出せないってことですか」

「そうだ」

「でも、裸になっていたら――」

私が思いつきをすべて語る前に、先生が応じた。

「裸でも、閉じた天蓋カーテンは開けられないし、クロスボウのトリガーも引けない」

確かに。さすがと言うべきか、私が考えていたよりも先生はずっと合理的だった。仮に犯人がストップの中を動けるとしても、犯行は不可能かもしれない。

それなら、と私は次なる推理を先生にぶつけてみる。

「磯貝家令が犯人、じゃないでしょうか」

ソファで足を組み替えた先生は、再び、

「訳を聞こう」

と応じてコーヒーを飲んだけれど、先生はおそらく私が思いつくようなことはとっくに考え終えている。それでいて私に話させ、聞いてくれる、という教育方針らしい。

　私は咳払いをしてから考えを話す。

「ストップが起きた八時丁度、コンサバトリーの中にいたのは、私と先生、双葉さん、三島莉奈さんだけです。磯貝家令は食前酒を取りに行っていて、コンサバトリーにはいませんでした。もしかするとそのとき、館の外に出ていたんじゃないでしょうか」

「ふむ。それで？」

「磯貝家令は館外を移動して、バルコニーに梯子を掛けて登り……あ」

　結局は同じ壁にぶつかる。

　館内ストップ中にバルコニーからクロスボウを射れば、矢は窓で停止する。その矢はストップ解除後、直ちに発射されるが、天蓋カーテンに穴はなかった、という矛盾。

　ただ、一つ思いついたことがある。

「三島莉奈さんが共犯者だったら、話は変わってくるんじゃないですか」

「共犯者か。なぜそう思う」

　ストップが起きた八時、私たちはバルコニーにある時計モニターを見ていた。あのとき私の位置からは、三島莉奈さんの右半身は天蓋カーテンに隠れて、見えなかった。

　彼女は右手で天蓋カーテンを掴み、大きく開いていたのかもしれない。

　その状態でストップが起これば、三島莉奈さん自体は停止するけれど、天蓋カーテンは開いた

郵 便 は が き

料金受取人払郵便

牛込局承認

5517

差出有効期間
2025年6月
2日まで

162－8790

新宿区東五軒町3－28

㈱双葉社

文芸出版部 行

ご住所	〒		
お名前	（フリガナ）	☎	
		男・女・無回答	歳
メールアドレス			

ご購読ありがとうございます。下記の項目についてお答えください。ご記入いただきましたアンケートの内容は、よりよい本づくりの参考とさせていただきます。その他の目的では使用いたしません。また第三者には開示いたしませんので、ご協力をお願いいたします。

書名（　　　　　　　　　　　　　　　　　　　　）

●本書をお読みになってのご意見・ご感想をお書き下さい。

※お書き頂いたご意見・ご感想を本書の帯、広告等（文庫化の時を含む）に掲載してもよろしいですか？

1. はい　2. いいえ　3. 事前に連絡してほしい　4. 名前を掲載しなければよい

●ご購入の動機は？

1. 著者の作品が好きなので　2. タイトルにひかれて　3. 装丁にひかれて
4. 帯にひかれて　5. 書評・紹介記事を読んで　6. 作品のテーマに興味があったので
7.「小説推理」の連載を読んでいたので　8. 新聞・雑誌広告（　　　　　　）

●本書の定価についてどう思いますか？

1. 高い　2. 安い　3. 妥当

●好きな作家を挙げてください。

（　　　　　　　　　　　　　　　　　　　　）

●最近読んで特に面白かった本のタイトルをお書き下さい。

（　　　　　　　　　　　　　　　　　　　　）

●定期購読新聞および定期購読雑誌をお教えください。

（　　　　　　　　　　　　　　　　　　　　）

ままになる。そこで実行犯の磯貝家令がバルコニーに登ってきてクロスボウを射れば、ストップ解除後、天蓋カーテンに穴を空けずに矢を一葉さんに撃てる。

　その推理を話してみると、先生は静かに首を横に振った。

「ストップ解除後にベッドに飛んでくる矢を、私たちは見ていない」

「でも、クロスボウの中には初速が秒速百メートル以上も出る物もあるようですよ。高速で飛んでくる矢なら、見落とすこともあるかもしれません」

「仮に見落としたとして、六本もの矢が人体に刺さる衝撃音は聞き逃さない」

　確かに、高速で飛ぶ六本の矢が人体に撃ち込まれれば相応の音が出るし、その振動でベッドも揺れる。ドスドスドス、という音も振動もあのときは聞こえてこなかった。

　お手上げだ。

　コンサバトリーにいた私たち自身が、ストップ解除後に矢が飛んでこなかったことを証明してしまっている。私は長い息を吐き出して、だったら、と言う。

「先生はどう考えているんですか？」

　そう尋ねると、先生はソファから立ってビリヤード台に寄る。ラシャを人差し指でこつこつと打ちながら、台をゆっくりと一周。私は、と口を開いた。

「ストップの十分前に隣室から響いたアラームについて考えている」

「ああ。私たちで止めたあのうるさいアラームですか」

「あれを仕掛けたのは、犯人だろう」

「不自然でしたもんね」

あの隣室のアラームが犯行に何か関係していたことは間違いないと思うけれど、ストップが起こる十分も前にそんなことをして、犯人にいったい何の得があるのか。

「そして、なぜ今回だけ〝四十分間〟時間が停止したのか」

それは私も気になっていた。ずっと三十分停止を維持していたストップ現象が、今回だけ四十分停止。超常現象に何らかの変化が起こったのか、それとも……

キューを手にした先生は低い姿勢でそれを構えて、長い指でブリッジを作る。腕を緩やかに揺らしながらキューを突き出したその動きには、一切のブレがない。

カン。

澄んだ幻聴が私の頭の中に響き渡った。


ふと目を向けた廊下の窓から、外に広がる庭園が見える。

トピアリーは楕円になるよう丁寧に整えられ、闇の中ではむしろ歪に感じる。私は草木の自然な姿を表現するナチュラルガーデンが好みなので、こういうフォーマルガーデンには違和感がある。夜に見る木々からは、整形されたが故の不気味さを感じる。

――特に、殺人が起きた夜は。

夕食抜きで慌ただしく調査に動き回り、時刻は午後十時過ぎ。警察の事情聴取に使われている二階ドローイングルーム《応接室》の前を通ったとき、磯貝家令がそこから出てきた。

「磯貝家令。双葉さんの具合はいかがですか」

「ええ、まあ、自室で眠っておられます」

そう言って磯貝家令は、瞼に指を押し当てて疲れを解している。ぴっちりオールバックにしたグレーの髪が少しほつれているだけで、ずいぶん歳を取ったように見える。

「少し休んだらどうですか」

「疲れてなど、おりません……私はもう嘆かわしくて」

「何かありましたか？」

「一葉お嬢様が、あのようなことになり、使用人一同で団結しなければならない今このときに……皆は安堵したような顔をしているのです。ストップ現象が終わった、と」

使用人たちは日々、怯えながら暮らしていたに違いない。眠ったら最後、ストップして二度と起きないことも覚悟して。その恐怖に耐えきれず、やめていった人も多い。

磯貝家令は苦しみの表情で首を横に振って、ぽつりぽつり話し始める。

「私は、お嬢様たちを……幼いころから、見ておりました」

年の離れている姉妹は、異母姉妹だったようだ。幼い頃は、一葉さんが、つきまとう双葉さんを突き放していたけれど、大きくなってからは仲が良くなったらしい。

「そんなお二人の成長を私はお傍で見てきたのです。旦那様と奥方様が他界してからは、僭越ながら、我が子のように想っておりました。そんなお嬢様が殺され、身を裂かれる思いです。だから使用人たちのあの安堵した表情が嘆かわしく……許せないのです」

「……どうしてそのことを、私に？」

「私はあなたに疑念を抱いておりました。こんな小娘に館を託してよいのか、と」

うん、知ってた。

謝罪も込めてか、磯貝家令は深々と頭を下げた。

「このようなことになろうとは、思いもしませんでした。ストップ現象を利用して犯人が一葉お嬢様を殺したのなら、もはや超常現象調査士であるあなたに託すしかないのです。お願いします忍鳥様。どうか一葉お嬢様を殺した輩を探し出してください」

仕方ないから、というニュアンスが気になるけれど、私も真相が知りたい。

「わかりましたから、どうか頭を上げてください」

その後、警察の捜査によって更にいくつかの事実が判明した。

まず、ストップ前後にダイニングルームに集まっていた使用人たちの中で〝離席者がいたのか〟について。警察は各人のアリバイ確認をして、その裏付けを取っていた。

八時にダイニングにいなかったのは、四人。一葉さんの健康チェックに出ていた三島莉奈さんと双葉さん。その同行許可をもらった私（と先生）、磯貝家令のみ。

それ以外の使用人たちは皆、ダイニングにいた。八時前には料理はすべて出揃っていたらしく、使用人たちは行儀良く席について双葉さんの登場を待っていた、という。

加えて警察は〝空〟のことまで調べていた。

事件当時、屋敷上空に不審なヘリコプターの機影はなかった、と。もちろん、自衛隊やテレビ局のヘリもこの上空を横切ったりしていないので、石垣の赤外線センサーを飛び越えたヘリからロープを垂らして不審人物が降りてきた、ということもなさそうだ。

となると犯人は、あの三人――双葉さん、磯貝家令、三島莉奈さんの誰か。

「ねぇ忍鳥さん、何かわからない？」

事件解決に意気込んでいた三駒警部も、頭を抱えている。

得体の知れない犯行に困り果てている私も、わかりません、と応じる。

「どうして天蓋カーテンに穴を開けずに、一葉さんを射るなんてことができるのか。ストップ中ならなおさら無理です。透明な矢が天蓋カーテンをすり抜けたとしか……」

「あなた、ループ事件のときは、てきぱき解いたって聞いてるわよ」

「それは……」

私じゃないので。

捜査情報をくれるのは助かるけれど、私に期待されても困る。

ったく、と美人警部は頭をガリガリと掻く。

「一から十まで謎だらけね。これだから超常現象絡みの事件は……」

彼女たち警視庁超常現象対策室は、超常現象に対する知識はあっても謎解きが得意なわけじゃない。特に超常現象を利用している殺人事件は、人海戦術メインの捜査じゃどうにもならないケースがほとんど。なすすべなく迷宮入りすることも多々あるらしい。

去り際に三駒警部は、そうそう、と言った。

「事件と関係があるかはわからないけど、ストップ現象が起こるおよそ十分前に、一葉さんとつながっていた心電図がほんの二十秒だけ途切れたことがあったそうよ」

「心電図、ですか」

「すぐに元に戻ったから事なきを得たみたいだけどね」


時刻は午後十一時過ぎ。空には円く美しい月が輝く。

その月の光が差し込む廊下に、先生のダークスーツはあった。床に膝をついて、青白い月光が廊下に落とした窓枠の影を指でなぞりながら眺めている。何が気になるのやら、真剣な表情で何かを調べている姿は、イギリスの私立探偵のように様になっている。

そのすぐ横で一人の警察官が壁掛け時計をいじっているけれど、先生の存在には気がついていない。私は、先生の調査を邪魔しないように、警察官に小声で尋ねる。

「その時計、どうかしたんですか？」

「あなたは三駒警部のお知り合いの……」

「忍鳥摩季と申します」

「あなたには捜査協力をするよう言われています」

「ありがとうございます。この時計も、事件に関係があるんですか」

「いえいえ！　うちの班の新人がホトケを見て取り乱したんです。それで吐きそうだって部屋から出ていったのですが、不注意でこの時計を倒して壊したんです」

　アナログ時計は九時二十分で止まっている。

「直りそうですか」

「いやー、電波時計はちょっとわかりません、が……お？」

　止まっていた時計の針が突然、ぐるぐると回り始めて十一時十二分まで進んだ。

「直ったようですね！」

「いえ、これは自動補正機能です。針は十一時十二分から動きませんし」

　はあ、と溜息を吐いた彼の傍に、いつの間にか先生が立っていた。

「自動補正機能か」

　その口がつぶやいたけれど、警察官には先生の声は聞こえていないので、彼は頭を掻きながら去っていった。一方、先生は指をパチンと鳴らして、私に向き直った。

「摩季、すべてわかった。私が皆に説明する」

「え？　ほ、本当ですか？」

「ああ、私たちは大きな勘違いをさせられていた」

「勘違い……」

「ストップのことを熟知している犯人に、引っかけられたのだ」

私は考えていたことを言ってみる。

「少し疑問に思っていたことがあるんです。そもそも、この事件はストップ中に起きた犯行なのかって。どうも……ずっと違和感がつきまとっているような気がして」

「良い懐疑だ」

「じゃあやっぱり、この事件はストップと関係ないんですか？」

「いや、凶器のクロスボウが、犯行現場のコンサバトリーから離れた池の中から見つかったことからも、これはストップ中にしか成し得ない犯行だ。ストップ中でなければ、そこまで捨てには行けないからな——ただ、犯人はいつクロスボウを捨てたのか、だ」

「え？　だからストップ中、ですよね？　八時からの」

先生の言葉は、謎かけのよう。

「摩季、すべてを疑うんだ。足下からすべて」

「足下から？」

私は首をかしげる。何のことかわからない。

「とにかく〝交代〟だ」

言って先生は私の方に歩み寄ってきて、そのまま私の体に重なって、同化した。私の意識は残っているけれど、自分の体を動かせなくなり、代わりに先生が体を動かす。

先生は私の右手を見ながら、グーパーを繰り返して掌の感覚を確かめている。一方、私は麻酔がかけられたかのような感覚の中、勝手に体が動いている状態。

これが〝交代〟という、超常現象。

窓ガラスに向き合って表情確認をする私に、私は見惚れる。同じ素材なのに、私と雰囲気がまるで違う。私は自分の容姿を美人とは思わないけれど、〝先生入りの私〟は美人だ。背筋がぴんと伸び、顔は凜としている。肌もつやつやだし、瞳ってそんな大きかったっけ。

交代時用に用意していた黒縁の伊達眼鏡をかけた先生は、歩き始める。


零時が迫る深夜。

事件発生時にコンサバトリーにいた私と先生、双葉さん、三島莉奈さん、そして食前酒を取りに行っていた磯貝家令、警察からは三駒警部と二名の超常現象対策室捜査員がダイニングルームに集まった。

テーブルには、ディナー時の料理が並べられたままになっている。

こんがり焼けたチキンの丸焼きがでんと構え、とろとろフカヒレや艶めくふぐ刺し、色鮮やかなシーフード料理が所狭しと並べられている。黄色い丸っこいのや、こってりと赤いの、ふわふわした物がかけられたコロコロしたの、など見たこともない料理も。

冷めていてもおいしそうな料理の前に立つ先生に、磯貝家令が声をかける。

「犯人がわかったと伺ったのですが、本当でしょうか」

「ああ。今からこの犯行を暴く」

堂々と告げた先生を、三駒警部が腕組みをして見つめる。

「大丈夫なんでしょうね？」

先生がすぐに応じる。

「無論だ」

む、無論だ、って。交代時は、私の話し方に合わせて欲しいのに。

「あなた、急にタメ口になったわね。まあ、いいけど」

訝る三駒警部に私は慌てるけれど、声は出せない。かくなる上は私の方が普段から憮然とした話し方を心がけた方がいいのだろうか。いや……無論だ、なんて言えない。

そんな私の悩みをよそに、先生は、まず犯行方法から、と始める。

「犯人はストップ中、バルコニーからクロスボウを撃った」

あれ、と私は思った。それはビリヤードルームで私が先生に話した推理じゃないの？　不可能、という結論が出ている話を、先生はどうして今更繰り返すのか。

失意の表情でうつむく双葉さんが、ぽつりとつぶやいた。

「磯貝さんが、姉様を殺した、ということですか」

「双葉お嬢様！　いえ、まさかまさか！　何を仰るのですか！」

磯貝家令はグレーの髪を乱しながら何度も頭を振る。

「ストップのときコンサバトリーにいなかったのは、磯貝さんだけです」

「お嬢様！　私は旦那様がご存命のときから土岐家に仕えているのですよ！　一葉お嬢様が小さなときからお世話をしているのですよ！　そんな私がどうしてそんな！」

「しかし磯貝さんしか――」

「ふっ、不審人物が侵入していたのではないですか！」

「不審者はいなかった、と警察の方々は仰っています」

「あるいは、三島君です！」

磯貝家令は責任転嫁の見苦しい指を、三島莉奈さんに向けた。

「ストップ時に三島君はベッドの近くで診断器具を抱えていたのですよね。その診断器具に紛れさせて、クロスボウを隠し持っていたのではないですか。心電図のコードを足で引っかけて切り、真っ先に天蓋カーテンを開いて、一葉お嬢様に矢を射たのでは！」

無理だ。クロスボウに矢をつがえて放つには、相応の時間がかかる。銃のように連射はできないので、六本もの矢を私たちに気づかれずに射ることなんてできやしない。

黙っていた先生もさすがに口を挟んだ。

「ストップ時、三島莉奈はベッド横で矢を射ていない」

皆の冷たい視線が磯貝家令を貫く中、先生は付け加えた。

「三島莉奈が矢を射たのはバルコニーなのだから」

刻が止まったような空白。

……はい？

三島莉奈さんを責めていた磯貝家令も首をかしげている。

一気に、白けたような空気がダイニングに流れたのを感じた。

それはそうだろう。ストップ時に三島莉奈さんがコンサバトリーの中にいたことは、皆が見ているのだから。間の悪い冗談、あるいは見当違いの謎解き、と思ったのだ。

けれど、先生は尚も言う。

「三島莉奈にしか、不可能な犯行だ」

当の三島莉奈さんが眉を下げて、で、でも、と言葉を出した。

「あたし、皆さんの前にいました。え、ちゃんと見えていましたよね？」

自分が透明人間になったのかと疑う彼女の言葉に、双葉さんがうなずいた。

「はい。しっかり見えておりました」

「だったら何で？　ストップ中に室内にいたあたしが、バルコニーでクロスボウを撃ったなんてあり得なくないですか。ですよね、双葉お嬢様？　間違ってませんよね？」

「三島さんは間違っておりません。忍鳥さんが何か勘違いをしておられるのです」

　呆れたような皆の視線も意に介さず、先生は実に堂々としている。

「この犯行は、〝ある可能性〟に気づけるかどうかだ」

　ある可能性……。

「何のお話でしょう」

　という双葉さんには答えず、先生は話を進める。

「まず、私が違和感を覚えたのは、ストップ前後の影の動きだ」

　窓辺に寄った先生が、閉じたカーテンの端を掴んで、シャッと勢いよく開いた。

　ダイニングに月光が差し込む。

「月光の影だ」

　そういえば先生に、月光が作る影について気がついたことはないか、と聞かれていたのを思い出す。ある可能性、というのは、月光が作る影に関しての可能性、なのか。

「ストップという超常現象は、君たちならよくわかっているだろうが、館内にいる人間には認識することが難しい。ストップが起きても気づかないことが大半。館内にいる者たちは、時計モニターが三十分飛んでいるのを見て、ストップが起こったことを知る」

「はい、まあ」

と双葉さん。何をいまさら、という顔。

ただ、謎解きをする先生は他人の反応なんて気にしない。

「その三十分間、外では月は刻々と動き、それに伴って光も向きを変え、月光が館に落とす影も動く。しかし館内で停止する我々は、その遅々たる動きは認識できない。ストップ解除後にわかるのは〝月光が作る影の位置〟だ。つまり、影が飛んだ、と感じる」

確かに、ストップ中に館内にいた人間が認識できるのは、月影の、ストップ前の位置とストップ後の位置。ストップ前後でその月影の位置が飛ぶ、ということ。

「しかしあの八時のストップ前後で、影の位置は動かなかった」

え？

ストップ前後で影の位置が動かない——その事実が何を指し示しているのか、当たり前のことのはずなのにすぐにはわからなかった。ただ、眩暈のような感覚があった。

静寂の中、先生は告げる。

「時計モニターは初めから、犯人によって遅らされていたのだ。十分間」

あの時計モニターの表示が遅れていた？　それならストップが起きた【ＰＭ　８・００】は、実際は八時じゃなかった、ってことになるんじゃ……

先生は、さあ、と言って黒縁眼鏡を上げた。

「それを踏まえた上で、今から三島莉奈の犯行について順に説明しよう」

皆でコンサバトリーへと移動する。

殺害現場となったその場所は今、警察が占拠し、すべての物に指紋などが付かないように保存用ビニール袋がかけられている。もちろん、私たちのような一般人は立ち入り禁止になっているけれど、三駒警部が上に掛け合って許可を取ってくれたようだった。

警察が先生の話に、一定の信憑性がある、と考えたということだ。

人のいなくなった深夜零時過ぎのコンサバトリーは、静けさに満ちている。一葉さんの遺体はすでに司法解剖に出されているので、ベッドには乾いて固まった血の跡だけが残されている。

先生はさっそく犯行の詳細を説明し始める。

「三島莉奈はディナー前に行われる一葉の健康チェックのために、コンサバトリーへ。そこで犯行前の準備として時計モニターの表示を十分間遅らせた。そして天蓋カーテンを開き、検診器具の点検などをしながら、双葉が健康チェックの確認に来るのを待つ」

その言葉に双葉さんがうなずいた。

「姉様の健康チェックには毎日、私も立ち合うことにしております」

先生はベッドまで歩き、天蓋カーテンを下げ始める。

「そんなコンサバトリーに私と磯貝家令が行ったのは午後七時半ごろだ。健康チェックを終えた三島莉奈は、私たちの前で天蓋カーテンをこうして下げていった。このとき重要なのが、バルコニー側の一カ所だけはカーテンを開けたままにしておくことだ」

犯行をなぞるように先生は天蓋カーテンを下げ、一か所だけ上げたままにした。

対して、三島莉奈さんが口を挟む。

「別に、どう閉めたっていいでしょ」

「この時点ではな。しかしこの後、隣室にあるいくつもの時計のアラームが一斉に鳴り始める。もちろんこれもお前が事前に設定しておいたものだ」

「ひどい言いがかり！」

という三島莉奈さんの反論を無視して、先生は、ここからが本題だ、と続ける。

「私たちが隣室に向かうと、一人コンサバトリーに残ったお前は、まずバルコニーの時計モニターを室内に運び入れた。そして自身はバルコニーに出て七時五十分を待つ」

なぞって先生はバルコニーにある時計モニターを両手で抱えて、室内に入れた。犯人がそんなことをした理由は気になるけれど、私は尋ねる口を持たない。

代わりに磯貝家令が聞く。

「七時五十分に何があるのでしょうか？」

先生はバルコニーに出てから、告げる。

「時計モニター表示の【PM　7・50】。それが真のストップ開始時刻だ」

「真の、ストップ……」

確かに、表示を十分間遅らせていたならそうなる。本当の八時は、時計モニター表示が【PM7・50】のとき。〝八時のストップ〟もこのとき起こったことになる。私たちがやっきになってアラームを止めていたとき、人知れずストップが起きていた。

「ストップ中、三島莉奈はバルコニーに隠していたクロスボウを取り、ベッドの一葉に向けて六本の矢を放つ。矢はその時点では室内に入らず、六本とも空中で停止する」

あの万年筆と同じように、か。

そうか。さっき先生は〝三島莉奈が矢を射たのはバルコニー〟だと言っていた。それはこの【PM 7・50】の〝真のストップ時に〟ということだったのだ。

先生は、度の入っていない黒縁眼鏡越しに庭園を眺めながら、話を進める。

「三島莉奈はバルコニーの避難用梯子を降ろし、庭園の池まで凶器のクロスボウを捨てに行った。距離はあるが、館内はストップしているので、誰にも気づかれずに余裕を持って戻ってこられる。再びバルコニーに登った三島莉奈は、避難用梯子を上げておく」

言って先生はコンサバトリーに視線を戻す。

「ストップが解除されると、空中で停止していた六本の矢はベッドへ飛ぶ。バルコニー側の天蓋カーテンは開けたままにしてあるので、矢はすんなり一葉に突き刺さった」

私たちが隣室にいる間に……すでに一葉さんは殺されていた。鮮血が飛び散らなかったのは、凶器が矢だから。刺さった矢が、そのまま傷口の蓋になったのだ。

「三島莉奈は、時計モニターを再びバルコニーに運び出す。ストップ中に時計モニターを室内に入れておいたことで、その表示は【PM　7・50】のままになっている」

なぞって時計モニターをバルコニーに出した先生に、磯貝家令が聞く。

「それはまさか〝ストップが起きていない〟と、館内の皆に思わせるためですか」

「そうだ。三島莉奈はストップ自体を消し去ったのだ」

「なん、たる、ことを……」

「更に三島莉奈は急ぎ、矢が刺さった一葉に近づく。彼女の体から心電図の電極シールを剝がし、自分の体につけ替えた。一葉がまだ生きているように見せかけるために」

言って先生は、最後の天蓋カーテンを引き下ろした。

私は、なるほど、と思う。

心電図は、短時間、一つずつなら電極シールを胸から外しても警告音を鳴らさないように設定されていた。それなら、一つずつ付け替えることもできる。捜査線上で判明した〝心電図が二十秒だけ途切れていた〟というのが、まさにこのときだったのだろう。

磯貝家令が挙手をして尋ねる。

「しかし、電極シールのコードはどうするのです」

「心電図から伸びるコードは、手に抱えた検診器具の中に隠していたのだろう。だから三島莉奈は、私たちが隣室から戻ったとき、ベッドの傍から離れなかった」

私たちの行動まで、すべて三島莉奈さんは計算していたのか……と考えて私は、もう三島莉奈さんを犯人であると疑っていない自分に気がついた。

「そして、時計モニター表示が【PM　8・00】となる。皆でカウントダウンをしていたが、このときは何も起こっていない。言わば〝偽りのストップ〟というわけだ」

偽りのストップ……

ですが、と磯貝家令。

「そのときにも時計モニターの表示は飛んでいます。四十分間」

そうだ。私も表示が飛ぶのを見た。

「それは電波時計の〝自動補正機能〟だ」

「え？」

「三島莉奈が初めに遅れさせた十分。真のストップ時の三十分。足して四十分間、時計モニターはズレていたわけだが、それがこの偽りのストップ時に補正され、正刻の【PM　8・40】に表示を変えたのだ。我々はこの表示の変化をストップと勘違いした」

時計モニターの自動補正がこのときたまたま起きた――いや、三島莉奈さんは〝自動補正時刻と偽りのストップ時刻が重なるタイミング〟を狙って、計画を立てたのか。

先生は皆を見回し、そして、と続ける。

「三島莉奈は自分の体から、電極シールを一気に剝がした。これはもちろん、一葉の心臓がたった今止まった、と見せかけるためだ。つまり三島莉奈は、ストップが起きたときに起きていないように錯覚させ、起きていないときに起きたように錯覚させたのだ」

錯覚。それによって三島莉奈さんは、アリバイを手に入れた。

事件が起きた〝八時のストップ〟時に皆の前にいた、という鉄壁のアリバイを。


顔面蒼白の磯貝家令がつぶやいた。

「それが、事件の真相……」

いつからか双葉さんが、三島莉奈さんを睨みつけている。

一方、三島莉奈さんは顔を横にぶるぶると振る。

「そ、そんなこと、あたし、してない！　何か、証拠とか、あ、あるんですか！」

そう。証拠がなければ、先生の推理もただの推測になってしまう。

手で顔を覆った三島莉奈さんは続けて、それか、と言う。

「この世に〝ストップ中に動ける人間がいないこと〟を証明するとか」

慌てている人間が出したとは思えない、静かな声だった。

……いや、冷たい声。

超常現象を利用した犯行と自分を結び付けられないことを、確信しているのだ。

先生はビリヤードルームで話したとき、こう言っていた。〝すべてを停止させる超常現象があるのなら、いかな状況下でも活動できる超常現象もあるかもしれない〟と。

しかし現実問題〝ストップ中に動ける人間がいるかどうか〟を調べる方法なんてない。一葉さんが亡くなった今、ストップはもう起こらないのだから、調べようがない。そうなると、三島莉奈さんが殺害を実行したという証拠を出すしかないけれど……

そんなの、あるの？

おろおろ視線を左右させる皆の中、証拠はある　と先生が言った。

「ヒントは看護用の手袋だ」

そして先生は、すーっと私から抜け出て、スリーピースのスーツ姿に戻った。私は嫌な予感に見舞われた。嘘でしょ、ループ事件のときみたいに私に解かせるつもり？

先生と私の事情を知らない三島莉奈さんが首をかしげている。

「ん？　ヒント？」

体の制御が私に返ってくると、私は黒縁の伊達眼鏡を外して、頭を抱える。

「看護用の手袋が、何なの……」

そう言えば、三島莉奈さんはずっと半透明の看護用ゴム手袋をはめている。一葉さんに雑菌やウィルスを感染させないようにするための手袋、とのことだった。

それがヒント？　謎かけのようだ。

三島莉奈さんがその手袋をしていたからこそ、クロスボウにも彼女の指紋が残っていなかったはずだ。看護用手袋痕が凶器に付いていたとしても、それは〝犯人が看護用手袋を盗んで使った〟という証拠にしかならない。ヒントどころか、証拠を消す手袋だ。

黙ったままの私に、三島莉奈さんが圧力の言葉をかけてくる。

「さあ、どうしたんです？　証拠があるんでしょう？」

証拠はある、と言ったのは私じゃないのに……

私は涙をこらえた懇願のまなざしを、皆には見えない先生に向ける。

「助けてぇ、先生」

「摩季、ちゃんと私の話を聞いていたか」

「聞いていましたけど……」

やれやれ、という顔で先生は溜息を吐いて黒縁眼鏡を上げた。

「ヒント、その二。心電図」

はっとした。看護用手袋と心電図。

三島莉奈さんはずっと――一葉さんの看護時から偽りのストップの後まで、看護用手袋をし続けていた。手袋をはめたまま犯行をしていた、ということになる。

その手袋のせいで、彼女の痕跡は残らなかった――一ヵ所以外は。

その事実に気がついた者が、もう一人いた。

床を蹴った三島莉奈さんが、心電図に向かって一直線に駈けていく。彼女には先生のヒント二は聞こえていなかったはず。ヒント一の方だけで気がついたのだ。

でも、私の方が速い。

袋に包まれた心電図に伸ばされる三島莉奈さんの手を、ぐいと掴んでひねり上げた。子供の頃に習っていた護身用の少林寺拳法は、今も動画配信で見ながら続けている。

私は三島莉奈さんの手を掴んだまま、部屋の外に声をかける。

「鑑識員さん！　心電図の電極シールをすぐに鑑定してください！」

コンサバトリーの出入り口から、鑑識員が顔を覗かせる。

「え？」

「鑑定です、ＤＮＡ鑑定！」

三島莉奈さんは犯行時、一葉さんの体から電極シールを自分の胸に付け替えている。そのときも彼女は手袋をしていたから、そのコードなどに指紋はついていない。

ただ、電極シールは別だ。

心音を伝えるために、三島莉奈さんは電極シールをしっかりと自分の胸につけたはず。シール粘着部分には、確実に彼女の皮膚細胞が残されている。そして三島莉奈さんはずっと手袋をしていたから、手で触ったときに付いたなんて言い逃れはできない。

そのことを説明してから、私は三島莉奈さんに言い放つ。

「電極シールにあなたの皮膚細胞がつくのは、犯行時しかありません！」

だから彼女は今、電極シールに触ろうと走ったのだ。

それに彼女が触れてしまえば、DNA鑑定で痕跡が出ても、問題はなくなる。この場で突然、電極シールに触るなんていう奇行に出た理由は〝心電図の袋に小蠅が入り込んでいたから取ろうとした。シールにはそのときに触ってしまった〟とでも言えばいい。

しかしそんなことは私がさせない。

「畜生」

というのが、完落ちの言葉だった。


「信じていたのに……」

とその場に膝をついた双葉さんを守るように磯貝家令が立つ。

「三島君。優秀な看護師のあなたが、どうして一葉お嬢様を手にかけたのですか」

彼は、妹の双葉さんをも手にかける可能性があるのか、と警戒しているようでもある。自分の身を挺して主を守る、というのはまさに最上位執事・家令の姿だった。

対して、三島莉奈さんは表情をなくした顔で語り始めた。

「何から話せばいいのやら……」

そもそも、土岐家の財は三代前の当主が一代で築いたもので、半世紀以上の間、土岐家はいくつもの中小企業や有限会社、クリエイターなどにも投資をしてきた。人が夢をかなえる一助になれば、という代々の理念を寄る辺にする人は多く、当主は〝人とのつながりは何よりの財産〟と先代から教え込まれて、企業と良い関係を培ってきたそうだ。

それが、三代目当主が不慮の事故で亡くなり、その子供である一葉さんが事業を継いだことで、つながりある企業との関係性が一変することになる。

ある種の完璧主義だった彼女は古いつながりに縛られない自分の王国を作ろうとした。事業拡大のための礎として、いくつもの中小企業を切り捨てていったのだ。当時、一葉さんはまだ二十代。その横暴は、若くして当主としての力を手に入れたがゆえのものだったけれど、天性の才能なのか、事業拡大は際どいバランスながらうまくいっていた。

そんな中で切り捨てられたのが、三島莉奈さんの父親のゼンマイ工場だった。業績が悪かったわけでもないのに、ある日突然、融資を打ち切られたという。

それは一葉さんの独断だった。

当時カプセルトイに可能性を見いだしていた彼女が、その製造工場への投資に切り替えたのだ。これは必ず将来当たる。ゼンマイなんてワクワクしない、との短絡的な理由で。そして五十年の付き合いがあった古い工場は、あっさりと切り捨てられることに。

後ろ盾を失ったゼンマイ工場は多額の負債を抱えて倒産した。

三島家は自己破産。それでも父親は泣き言一つ漏らさずに、いつも明るい顔で、再出発だな！と自信を漲らせていた。何でもできるぞ！　莉奈は何がやりたい？　と。

しかし悪いことは重なるもので、父親が治療の難しい病気になってしまう。父子二人の生活。三島莉奈さんは父の看病をしながら看護学校へ通い、寝る間も惜しんで勉強をして看護師になる。ただ父親は長い闘病も空しく、苦悶の表情を浮かべて亡くなった。

時を同じくして、一葉さんが〝とある奇病〟にかかって眠りから覚めなくなる。口の堅い看護師を募っていると知って、三島莉奈さんは医者のツテを頼って立候補した。

「哀れな姿を見てやろう、と思ったのよ」

磯貝家令を中心とした執事たちによる幾度もの面接の後、世話係の一人に選出されて、更に〝奇病について他言しない〟という契約書にサインをしてようやく、一葉さんへのお目通りが叶う。けれどそこにいたのは、以前と変わらない、いや、整形によって以前よりも美しくなった眠り姫だった。糞尿を垂れ流す姿を見ても、愉悦は感じられない。

「それどころか、あたしがいないと何もできない生き物に対して、愛しさにも似た感情がわいてきた。バカみたいよね。あたし、自分が根っからの看護師だって知ったわ」

それから三島莉奈さんは、館で看護に努めた。ストップ現象によって世間と生活リズムはズレていくけれど、充足はしていた。父の看病のために身につけた技能を、父の工場を潰した女のために使う——そんな矛盾すら頭から消えかけたとき、転機が訪れた。

三島莉奈さんの勤勉で献身的な看護姿勢に気を許したのか、双葉さんがある日、打ち明けてきたのだ。一葉さんが、美しいまま死にたい、と語って飛び降り自殺を図り、寝たきりになったことを。その話を聞いて、三島莉奈さんの心中で何かが変質した。

弱く愛しい生き物が、おぞましいバケモノに見えた、という。

「お金で遊ぶ子供みたいに横暴を尽くして、あげく、美しいまま死にたい、って何よ？　美しくなくても生きることを望んだ父は、醜く歪めた顔で死んでいったのに」

だから、と三島莉奈さん。

「そんなに死にたいんなら、殺してあげよう、と思ったの」

という犯人の言葉で、被害者の妹はくずおれた。

殺害を決めてから恨みの感情が湧き上がってきた、と三島莉奈さんは語る。

一葉さんが諸悪の根源のように思えてきたという。彼女がいなくなれば事業拡大は失敗に終わり、土岐家自体がゆるゆると先細っていくことは間違いない。

「あたしが看護師になったのは、土岐家を潰すためだったのね。これは、運命よ」

三島莉奈さんの独白に私は、でも、と口をはさんだ。

「どうしてストップを利用した殺害を考えたんですか。看護師なら、点滴に少しずつ毒を混ぜたりとか、事故死や自然死に見せかけて殺害することもできたはずです」

三島莉奈さんは目をぱちぱちとさせる。

「そんなの、思いつきもしなかった」

「え」

「確かにそういう方法もあるわね。でも、美しいまま死にたい、なんて願いは絶対に叶えさせないの。言ったでしょ、美しいまま死なせないのがあたしの仕事だって。醜く死なせるのよ。それが最優先。害獣・一葉は矢で射貫かれた醜い骸《むくろ》になり、あたしは鉄壁のアリバイで守られる——超常現象を利用すれば、そんな犯行が可能になるから」

「くだらない」

とつぶやいたのは先生だった。もちろん、その声は誰にも聞こえていない。

……くだらない、って何が？

私が疑問の目を向けると、先生は言葉を続ける。

「議論のすり替え——いや、恨みのすり替え、だ。三島莉奈の父は、会社の倒産で死んだわけではない。むしろ倒産しても、再起の希望を持っていた。それとは無関係に病で亡くなった父の死を、三島莉奈は受け入れられず、一葉のせいにしただけだ」

確かに、そう言えば、そうだ。恨みのすり替え、か。

何がバケモノだ、と先生。

「女性が、いつまでも美しくいたい、と願う気持ちの何が悪いのか。超常現象を引き起こすまで望んでいたことを、他人が踏みにじり、死に至らしめる権利がどこにある」

何てフェミニストなんだろう。

先生は、主のいなくなった天蓋付きベッドに紳士的に一礼をした。

超常現象を起こすまでの想いを持った人に対して、先生は敬意を払う。

「土岐一葉、安らかに眠れ」


力を持つ者は容易に人の一生を変え、同時に、容易に人の恨みも買う。

だからこそ土岐家の当主には代々、人とのつながりは何よりの財産、と一子相伝で伝えられてきたのだろう。人を侮り、人の恨みを買うことがないように、と。

それがわからないまま若くして当主になってしまった一葉さんは、つながりを大事にしてきた先代が守った財を自分の力と勘違いして、剛腕を振りかざした。ゲーム感覚で人生を変えられてしまった人は、三島莉奈さん父子以外にもきっと何人もいるだろう。

あらぬ恨みによって、一葉さんは殺された。

土岐家の事業を一手に担っていた彼女がいなくなった以上、双葉さんが経営を学んで姉の跡を継ぐか、優秀な経営者と結婚するか、一切を手放して静かに暮らすか。ただ、今の双葉さんにそんな選択を突きつけるのは酷だし、後は磯貝家令に任せた方がいい。

そんなことを考えながら館を出て、振り返って、はっとした。

見送りの双葉さんや磯貝家令、使用人一同が、ぴたりと動きを止めていたのだ。瞬きもせずにこちらをじっと見つめたまま、呼吸さえしていないように見える。

その異様さに背筋がぞわりとした。

ストップ――

と思った一瞬の後、彼らはそろって動き始めた。

「は、はは……」

私は乾いた笑みを浮かべてレンタカーに乗り込む。気のせい。当然、気のせい。

そんなことより、私、夕食を食べていない。事件解明後はバタバタしてダイニングルームに戻れないままお開きになったから、並んだご馳走の一つも手をつけていない。

フカヒレと、あの、黄色い丸っこいのだけでも食べたかったなぁ。

第三話　怪物とコントロール

『木こりと怪物』

むかしむかしあるところに気《き》のいい木《き》こりがいました。体《からだ》のおおきな木《き》こりは村一番《むらいちばん》の力《ちから》もち。森《もり》のちかくの小屋《こや》にすみ、朝《あさ》はやくから斧《おの》をもって木《き》をきります。

カーンッ、カン、カーンッ、カンカン。

鳥《とり》の声《こえ》にあわせて木《き》をきります。

カーンッ、カン、カーンッ、カンカン。

風《かぜ》の音《おと》にあわせて木《き》をきります。

毎日《まいにち》、森《もり》にはたのしげな音《おと》がひびきます。リスも花《はな》も音《おと》にあわせておどります。

木《き》をきりおわると、木《き》こりは丸太《まるた》をかついで、えっほ、えっほ、町《まち》へいきます。丸太《まるた》はたかく売《う》れるので、食《た》べものをたくさん買《か》います。木《き》こりはいつもお腹《なか》いっぱい。

そんなある日《ひ》の夕食《ゆうしょく》どき、小屋《こや》のドアをたたく者《もの》がいました。

はーい、はい。木《き》こりはすぐにドアをあけます。

そこには、やせた男《おとこ》がたっています。男《おとこ》はおこっているようでした。毎日毎日《まいにちまいにち》、木《き》をきる音《おと》がうるさい。病気《びょうき》の妻《つま》が木《き》をきる音《おと》でうなされている、というのです。

やさしい木《き》こりは、それはかわいそうだ、と木《き》をきる音《おと》をちいさくします。

コーン、コン、コーン、コンコン。

木《き》はなかなかきれません。昼《ひる》までにきれていた木《き》が、夜《よる》になってもきれません。

木《き》こりはこまりました。丸太《まるた》を売《う》れず、お腹《なか》いっぱい食《た》べられないのです。

やけにしずかな朝《あさ》でした。

木《き》こりはいつものように森《もり》にいます。くらくなるまで木《き》をきり、斧《おの》をもってかえろうとすると、木《き》の陰《かげ》で何《なに》か、おおきなものががさがさ動《うご》いていることに気《き》づきました。

まっ黒《くろ》で毛《け》むくじゃらで、とがった牙《きば》、とがった爪《つめ》の、おおきな怪物《かいぶつ》です。

木《き》こりはふるえ、腰《こし》をぬかして、へたりこんでしまいます。

ぐるるるる、とうなりながら怪物《かいぶつ》がちかづいてきます。おびえる木《き》こりに長《なが》い腕《うで》をのばしてきます。木《き》こりのあたまよりおおきな黒《くろ》い手《て》が、目《め》のまえにせまってきます。

しかし、怪物《かいぶつ》は腕《うで》をのばしたまま止《と》まりました。

手《て》をさしのべているようにもみえます。

木《き》こりはおそるおそる手《て》をつかみました。まっ黒《くろ》でもっさもさの毛《け》むくじゃら。

でも、あたたかい。その手《て》で木《き》こりはおこされます。

見《み》た目《め》はおそろしいけれど、やさしい怪物《かいぶつ》です。どうやら怪物《かいぶつ》はお腹《なか》がすいているようです。

ぐるるるる、といううなり声《ごえ》もお腹《なか》がなる音《おと》だったのです。

木《き》こりは怪物《かいぶつ》を小屋《こや》につれていって、ためていた食《た》べものをわけてあげました。

肉《にく》をまるかじり、魚《さかな》をまるかじりする怪物《かいぶつ》に、木《き》こりははなしかけます。木《き》がきれなくてこまっているというはなしを、怪物《かいぶつ》は目《め》をパチパチさせながらきいています。

つぎの日《ひ》から怪物《かいぶつ》は爪《つめ》で木《き》をガリガリ掻《か》いて、木《き》こりを手伝《てつだ》うようになりました。

コーン、コン、コーン、コンコン。

音《おと》はちいさくても木《き》こりと怪物《かいぶつ》の力《ちから》で木《き》は昼《ひる》にきれるようになりました。

肉《にく》に魚《さかな》、野菜《やさい》、果物《くだもの》。木《き》こりと怪物《かいぶつ》は、ごちそうに満腹《まんぷく》。怪物《かいぶつ》のおそろしい見《み》た目《め》にもすぐになれました。おいしそうに食《た》べる姿《すがた》がかわいいと思《おも》うようになりました。

そんなある日《ひ》の夕食《ゆうしょく》どき、やせた男《おとこ》がまたきました。

木《き》をきる音《おと》がうるさい、とドアをたたきます。どんなにちいさくしてもうるさい、と窓《まど》もたたきます。子供《こども》も病気《びょうき》になって木《き》こりの音《おと》でうなされている、というのです。

木《き》こりは、おお、それはかわいそうだ、と木《き》をきる音《おと》をもっとちいさくします。

トン、トン、トン、トン。

木《き》の皮《かわ》をたたくだけ。音《おと》はひびかなくなりましたが、木《き》はきれません。

ためていた食《た》べものもなくなり、木《き》こりはやせていきます。太《ふと》かった腕《うで》は、かれ木《き》のようにほそくなりました。ふくれたお腹《なか》は、板《いた》きれのようにうすくなりました。

それでも木《き》こりは毎日《まいにち》、おもい斧《おの》をひきずって森《もり》にいきます。

トン、トン、トン、トン。

どれだけたたいても、木《き》はきれません。


こまった木《き》こりは、怪物《かいぶつ》にはなしてみます。

はじめて怪物《かいぶつ》にあったときのように、はなしをきいてもらいます。

しかし木《き》こりの声《こえ》は、ぐるるる、という怪物《かいぶつ》のお腹《なか》の音《おと》でかきけされてしまいます。木《き》がきれない、というはなしをいくらしても、怪物《かいぶつ》は首《くび》をかしげています。

ぐるるる。ぐるるる。ぐるるるるるる。

木《き》こりがはなしをおえると、怪物《かいぶつ》は木《き》こりをとがった爪《つめ》できりつけました。

そして木《き》こりをとがった牙《きば》でかじって、食《た》べてしまいました。

ぐるるるる、バキバキ、むしゃむしゃ、げぷぅ。

つぎの朝《あさ》は森《もり》から木《き》をきる音《おと》はきこえませんでした。

そのつぎの朝《あさ》も木《き》をきる音《おと》はきこえませんでした。そのつぎも、そのつぎも、森《もり》はしずかで、木《き》こりの小屋《こや》もひっそり。肉《にく》や魚《さかな》の焼《や》けるにおいもしません。

不思議《ふしぎ》に思《おも》ったのは、やせた男《おとこ》でした。

なにかあったにちがいないと思《おも》い、木《き》こりの小屋《こや》にさぐりにやってきました。男《おとこ》はドアにきき耳《みみ》をたててから、しずかな小屋《こや》のドアをたたきました。

コンコン、コンコン。

はーい、はい。声《こえ》がして、木《き》こりが顔《かお》をだしました。

ぐるるるる、というおかしな音《おと》がなるなか、木《き》こりは笑顔《えがお》で、おいしいお肉《にく》をごちそうするというのです。それじゃあ、とはいった小屋《こや》のなかには、灯《あか》りがありません。

男《おとこ》がなかにはいっていくと、木《き》こりはゆっくりドアをしめました。

バタン。

小屋《こや》のなかは、まっくらになりました。

つぎの朝《あさ》、また森《もり》にたのしげな音《おと》がひびきます。

カーンッ、カン、カーンッ、カンカン。

カーンッ、カン、カーンッ、カンカン。

（おしまい）

＊

「このマンションですね。う～緊張」

と私が言うと、後部座席から先生の低い声が応じる。

「摩季、現場で腰を抜かさないようにな」

「はい」

私たちは冷房の利いた車から出て、まぶしい夏の太陽を浴びる。日焼けを気にして手をかざした私の影は足下から伸び、先生の影はいつも通り、どこにもない。

顔を上げると、今年初めて見る入道雲。

海に行って砂浜で寝っ転がりたくなるこの季節に……殺人事件なんて。

現場の指揮を執っている三駒綾瀬警部に挨拶をしてから、私と先生はスロープを降りてマンション地下へ。立ち入り禁止テープが張り巡らされた駐車場に入る。

事件発生から三日が経っているけれど、未だに多くの鑑識員たちが詰めていて、駐車場内を調べている。彼らは私に白い目を向けてくるけれど、咎めたりはしない。

アドバイザーとして招かれた私のことは現場に周知されているようだ。

数多の警察官たちに混じって私が参加するのは、ここ、都内にある高層マンションの地下駐車場で起きた殺人事件。その異常性はニュースでも日夜取り上げられていて、世間の注目の的となっている。今もマンションの外には多くのマスコミが集まっている。


第一発見者はこのマンションの女性管理人。

彼女が車で駐車場に入ると、そこにいた身なりの良い中年男性が大柄な男性を刃物で切りつけた、という。悲鳴を上げた彼女の前で、中年男は相手の喉元に噛みついた。

狂気の場面に半ば気を失っていた女性管理人は、我に返って１１０番通報。

五分後に警ら中の警察官が到着するまで遺体をかじっていた犯人は、すぐに取り押さえられた。

綿《わた》部《べ》善一《よしかず》。三十七歳。マンションの住人で大学病院勤務の外科医だという。凶器は、キャンプ好きの彼が車中に置いていた、刃渡り二十センチのサバイバルナイフ。

取調べの録画映像を私も見せてもらったけれど、綿部医師は自分でもどうしてこんなことをしたのかわからないと語っていた。被害男性のことは名前すら知らない、と。

『僕は……怪物になっていたんです』

『は？』

という捜査員の訝る声が入ってから、綿部医師は続ける。

『〝木こりと怪物〟という絵本に出てくる、真っ黒な怪物です』

警察はすぐに精神鑑定を行ったけれど、綿部医師はまともだった。勤務態度も至ってまじめで、患者からの信頼も厚い。嘘発見器にかけても、彼の言動は真実、と出る。

『これは、絵本に描かれている通り、なんです。怪物は、木こりを爪で裂いて、そして……た、食べるんです。そ、そういうシーンがあるんです！　見てみてくださいっ』

〝木こりと怪物〟には私も目を通した。

およそ二十年前にロシアに住む無名の絵本作家が書いた作品で、確かに終盤にそういうシーンはあった。その絵本を模倣した殺人事件、と警察も考えたに違いない。

『爪とは何ですか』

という質問に、綿部医師は、サバイバルナイフです、と答えていた。

『では、木こりとは？』

『僕が殺してしまった男性……堂島《どうじま》勇人《ゆうと》さんです』

『あなたが見ていた白昼夢の中では、堂島さんが絵本の中の木こりに見えていた、ということですか。だから絵本になぞらえて、サバイバルナイフで彼を切ったと――』

『見えていたんじゃなく！　彼は確かに、木こりでした！』

『てめぇ、ふざけんじゃねぇ！』

と別の捜査員が怒鳴るダミ声が聞こえ、録画は途切れていた。

嘘発見器は嘘と真実を混ぜる訓練なんかで騙すことができるので、当初、捜査員たちは〝絵本を模倣した犯行〟の線で捜査をしていたらしい。

そんなときに映像が見つかる。娘と買い物に行こうとしていた綿部医師自身の車のドライブレコーダーが動いていて、犯行前後の様子がばっちり映されていたのだ。

薄暗い駐車場。綿部医師が堂島さんの方へゆっくりと歩み寄っていくところから映像は始まった。だらりと垂らした手にサバイバルナイフを握る綿部医師の姿は、まさに殺人鬼。にもかかわらず堂島さんは逃げようともせず、手を広げて、ただじっとしていた。

まるで、シリアルキラーを止めようとするレスラー。

そして、切りつけられる。それでも堂島さんは抵抗しないで、どっしりと手を広げたまま。綿部医師が振りかぶったサバイバルナイフを何度受けても声を上げず、倒れる。

綿部医師は手を止めない。飛び散る血で滑ったのか、ナイフを落とした綿部医師はすぐにそれを拾い上げて、まだ息のある堂島さんに襲いかかる。

二人とも何かに操られているかのような、異様な事件。得体の知れないことが起こっている。

捜査会議でも、超常現象じゃないか、という声が上がったそうだ。

――人間を操る魔の絵本では、と。

日本ではまだ例のないことだけれど、世界では創作物のストーリーが現実になるという超常現象の例が過去にあった。アメリカでは何年か前にアメコミと同じ状況が再現され、イギリスではファンタジー小説が流行ったときに同じ状況の再現が起こっている。

ならば〝木こりと怪物〟が再現された可能性はある。

そこで三駒警部が、元警察官で超常現象調査士の私にアドバイザーの立場で捜査協力のオファーを入れた、というのが事のあらまし。実際の声がけは、

「どうせ暇でしょ？　手伝いに来ない？」

だったけれども。


私は、ふぃー、と息を出した。

「殺人現場って、慣れません、やっぱり」

警察官たちが詰めている駐車場を離れて、私と先生はセミの声が響く屋外に出た。私はマンションの外階段に座って、冷や汗で出た水分をペットボトルで補給。一方、涼しげな顔の先生は植え込みの木に寄りかかっている。影を持たない先生は、日陰を好む。

「それにしても不気味な絵本ですよねー、先生。これ本当に子供向けなんですかね。何か教訓が込められてるとも思えないし……ただ不気味さを植えつけるだけです」

まさに魔の絵本。

先生から、ふむ、と声がある。

「ロシア人の作者は、飢饉を経験した農村出身らしいな。むりやり意図を読み解くなら、貧富の差で生まれる嫉妬。あるいは、抑圧された怒りの発露、といったところか」

「そんなの子供に教えたくないですよー」

「多感な幼少期に、様々な思いを抱くことは悪いことではない」

「でも夢や希望のある話が良いです」

対して先生は、そうだろうか？　と切れ長の目を向ける。

「子供は案外、残酷な絵本を好むものだ。理解できないものから興味を深めていけば、思考力を養える。そういったところが、作者の狙いだったのかもしれない」

確かに私も子供の頃は、夜中に知らない世界を冒険する絵本や、得体のしれない化け物に襲われる絵本を、ドキドキしながら読んでいた気がする。先生の言う通り、今でも何となく覚えている絵本は、少し怖いものの方が多かったかもしれない。

だとしても〝木こりと怪物〟はやりすぎだ。

どこの親がこれを寝物語に読み聞かせるの？　どこの子が寝る前にせがむの？

「んで、先生はこの事件どう思うんです？　絵本の模倣か、超常現象絡みか」

私には正直よくわからない。

「ドライブレコーダーの映像を見る限り、何らかの形で超常現象が絡んでいることは間違いない。被害者が一切抵抗することなく、役を演じるように殺されているからな」

先生に澄んだ低い声で言われると、そう思えてくるから不思議。

ただ、と言って先生は髪をかき上げた。

「それが違和感にもつながっている」

「と言うと？」

「絵本のシーンと犯行時の状況の差違だ」

「……そんなのあります？」

「怪物が木こりを襲うシーンだ。絵本作中では、〝木が切れない〟という悩みを話した木こりを、怪物が突然、爪で裂いている。一方、ドライブレコーダーの録画映像では、木こり役の堂島が手を広げた姿で、怪物役の綿部にサバイバルナイフで切りつけられている」

はぁぁ、と感嘆の声が出る。言われてみれば確かに。

「挿絵にも木こりが手を広げて切り裂かれる絵などないのに、堂島は何を思ったか、その姿のままナイフで切られるのを待っていた。なぜ絵本にないシーンが再現された？」

それって、と私は思いついたことを言ってみる。

「堂島さんの解釈次第、じゃないですか」

「解釈か。聞こう」

「この絵本の不気味なラストシーンって、読み方によって二通りの解釈ができると思うんです。一つ目は〝木こりを裂いて食べた怪物が木こりの姿に変身していた〟という解釈。二つ目は〝そもそも怪物は木こりの心の中で産まれた存在だった〟って解釈です」

この絵本は結末をぼかして終わるので、それら二つの解釈のどちらが正解なのかは描かれていない――それは、読者側の解釈に委ねられている部分だから。

先生は木陰で腕組みして口を開く。

「私は二つ目の解釈しか考えていないが」

「へっ？　何で？」

「怪物は、大柄な木こりから見ても巨体で、作中には、手だけでも木こりの頭より大きいと書かれている。木こりの頭部が直径三十センチの球体とし、怪物の手がそれより十センチ大きかったと仮定すると、そこから推定される体長は三メートルを優に超える」

私は目をパチパチさせる。絵本で、仮定とか推定の話になるとは……

「そんな怪物が、難なく木こりの小屋に入り込んでいるだろう。その巨体でドアを壊すこともなく。作中には怪物がドアを通り抜けるシーンすらも描かれていない。となれば、怪物が木こりの心の産物だから、ドアを通る必要がなかった、と考えるのが自然だ」

なるほど、ドアをすり抜けられる先生らしい発想だ。

ただそんなことにつっこむ人は先生くらいだと思う。絵本を分析しながら読んだら、まるで楽しくないだろう。ともあれ、私自身も二つ目の解釈を有力視している。

「怪物が木こりの心の産物なら、自分の小屋に招いた時点で、木こりは怪物を受け入れてたってことになります、よね？　誰だって嫌いな人を家に招いたりしませんもん」

「ふむ」

「事件時、木こり役の堂島さんも、絵本をそんなふうに解釈してたんじゃないですかね。それで彼は、手を広げた姿で怪物を受け入れ、綿部医師に切られるのを待ってた」

我ながらいい線いっていると思う。

「読者側の解釈、か。しかしそれならば、子供がいる綿部だけではなく、独身者の堂島も〝木こりと怪物〟というマイナーな絵本を事前に知っていたことになるが？」

「小さい頃に読んだ、とか」

「絵本が書かれた二十年前は、堂島は二十歳。もちろん成人してから絵本を蒐集する者もいるが、堂島の賃貸部屋には本の類は一冊もなかったと警察の資料にあった」

でも人間が関与してるはずです！　と私は泡を飛ばす。

「魔の絵本が事件を起こしたんなら、ページに書かれていないシーンは再現されないはずですから。……きっと、そう、あの駐車場に他の誰かがいたんです」

その人が絵本を読んで再現現象を起こした、のかもしれない。

私はその可能性を三駒警部に話して、捜査員たちに共有してもらった。

夕方と翌朝の会議で吟味された結果、本部は二つにわかれて捜査をすることになった。これまで通り絵本模倣殺人の線で手がかりを追う捜査一課班と、超常現象を起こした者をつきとめる特殊班。私と先生、超常現象対策室は、この特殊班として事件に当たる。

真っ先に捜査線上に上ったのは、駐車場で綿部医師の車に乗っていた娘。事件発生当初から駐車場にいたのは、綿部医師と堂島さん以外は、その子だけだった。

綿部ましろ。五歳。

奥さんは十ヶ月前に事故で亡くなり、今は父子の二人暮らし。シッターの話では綿部医師は家を空けることも多く、ましろちゃんはずっと絵本を読んで過ごしていたようだ。

その中の一冊が〝木こりと怪物〟。

事件時、ましろちゃんはその絵本を手に持っていた、という。

そんなわけで特殊班の最初の仕事は、ましろちゃんに絵本を見せる調査。ホテルの一室を借りて、幼児に圧をかけないように女性警察官と私（と人には見えない先生）で対応する。服も私服で、可愛いぬいぐるみや美味しそうなパンケーキなんかも用意した。

絵本は残虐シーンのない物を選ぶ。

例えば〝カチカチ山〟や〝三びきのやぎのがらがらどん〟のように、残酷な描写のある復讐劇や、戦いに勝利する喜びを描く物語も多い。けれど、もしもそういった絵本で再現現象が始まってしまったら、ホテルの一室が大惨事になるかもしれない。

……同様の理由で〝みんなうんち〟という大人気絵本も避けておいた。

女性警察官の手を握って入室したましろちゃんは、黒目がちの目がくりくり、ほっぺと唇がふっくらとした、ひよこのように可愛らしい子だった。下がり眉が綿部医師譲り。知らない環境でもグズったりしないで、部屋とそこにいる人を静かに見回している。

隠しカメラで包囲されたソファに座るましろちゃんの隣に、三駒警部がついた。男社会でばりばりやっている彼女も、幼児の前では保育士のような微笑みを浮かべている。

「ましろちゃん、絵本は好きですか」

「好きー」

「この絵本は読んだことありますか」

「あるよ」

「じゃあこっちのは?」

「んー、んー、ある。ない」

「ふふふ、どっち?　読んでみますか?」

「うん、いいよー」

三駒警部が渡した絵本を、ましろちゃんは声に出しながら読んでいく。

適度な食事と昼寝をはさみながら、できるだけ読書の時間を取る。三作目までは何も起こらなかったけれど、ましろちゃんが四作目を読んでいるときに、異変が起きた。

昔話の〝つるにょうぼう〟という絵本。

それまで通り、ましろちゃんはソファに座って足をぱたぱたさせながら読書。そんなましろちゃんの横についていた三駒警部が突然、服を脱ぎ始めたのだ。その奇行に周りが慌ただしくなるも、当人にふざけている様子はなく、悲壮感さえ漂わせている。

「ちょ、ちょっと！　やめてください警部！」

「服を着てください！」

「カメラで撮ってるんですよ！」

という周囲の制止も聞かずにブラジャー姿になった彼女は、口を引き結んだ顔で一心にワイシャツをテーブルに擦りつけ始めた。擦りつけて折り返す、という一連の仕草を何度も何度も。おかしなスイッチが入ったかのような不可思議な状況だった。

私はあっけにとられながら、つぶやく。

「まさか、これが……」

絵本を再現する超常現象。

三駒警部が一切反応を返さずその仕草を繰り返すこと、十分。

我に返った彼女は慌てて服を着てから、はたを織っていたのよ、と語った。つるにょうぼうになって一心にはたを織り続けていた。服は羽毛に見えていた、と。

そして隠しカメラに映った自分の醜態を目にして、顔を真っ赤にした。

「み、見ないで！」

もう遅い。

「違うの！　これは夢を見てる感じで！」

「超常現象でしたか？」

「わからないわよ、もう！　誰か代わって！」

その後もましろちゃんに読書をさせていったところ、いくつかの絵本で同様の現象が起こった。〝スイミー〟のときには女性警察官が不格好な姿で床を泳ぎ始めて、〝モチモチの木〟のときには二人の女性警察官がそれぞれ豆太とモチモチの木になっていた。

演技だとしたら臭すぎる。

そこで私は女性警察官と交代。ましろちゃんの隣で読書に付き合ってみた。

異変が起こったのは〝はらぺこあおむし〟という絵本を読んでいるときだった。

その定番中の定番絵本をましろちゃんが音読しているときに、舌足らずな声が頭の中で大きくなって、エコーがかかっているように響き、ぼうっと体が熱くなってきた。

室内の景色がふっと消え、その向こうに開ける、バニラ色の空が……

私を呼ぶ先生の声が徐々に、遠くなっていく。ふわふわとした浮遊感があって、天空で大いなる何かに膝枕をしてもらっているかのような気分。何だろうこれは。大人になって失ったもの、子供のときにはすぐ傍にあったものに、体を包まれる安心感がある。

「ふあ〜」

あくびをして目を閉じ、開くと、私は――

とにかく、お腹が空いていた。食べ物、欲しい。

食べて、食べて、大きくなりたい。太りたい。太らなければならない。

葉や枝を這い回りながら、その上で見つけた甘いリンゴにかじりついた。高く昇ったお日様の下、ただひたすらリンゴを食べ続けた。とても甘いリンゴだった。

おいしい、けれど、これじゃお腹いっぱいにはならない。

足りない。もっと欲しい。

どれだけ食べても腹ぺこ、腹ぺこ、腹ぺこ……

はっと気づくと、口の中にパンケーキがぎゅうぎゅうに詰まっていた。大丈夫か摩季、という先生の声に私はパンケーキを飲み込んで、うなずいた。大丈夫、ではある。

三駒警部が顔を引きつらせている。

「あなた、ものすごい勢いで、食べてたわよ」

「自覚は、しています……」

「わたしじゃなくて良かった。腹ぺこ青虫人間、恐るべし」

腹ぺこ青虫人間……

「ダイエットしてたのに、罪悪感で一杯です」

そこで、ぷっと女性警察官の一人が吹き出した。皆、口元を手で押さえて肩を震わせている。笑われ、おまけに顔中パンケーキのハチミツでべとべと。

エリック・カールが描いた色彩の中、私は空腹を抑えきれない青虫だった。

天井で光る蛍光灯はお日様に、床やソファやベッドは木の葉や枝に、テーブル上に並んだパンケーキは甘いリンゴに見えた。あっけにとられる三駒警部の話では、私は足を使わずに床を這い回って、手を使わずにパンケーキをむさぼり食べていたそうな。

レディにあるまじき醜態に、私の顔面は熱くなった。

「……腹ぺこ青虫人間、顔洗ってきます」

洗面所で顔中のハチミツを落とした後、化粧を元に戻す。鏡に顔を近づけてアイラインを引きながら、壁により掛かっている先生に声をかける。

「超常現象です、間違いありません」

「私には摩季が床で、のたくっているようにしか見えなかったがな。まるで、夏のアスファルトで焼かれるミミズ。哀れな姿だった。見ている者たちも失笑していた」

「わ、わかってますよ。あんまり言わないでください」

先生は構わず告げる。

「あれは人心コントロールのひな型だな」

確かに、心を青虫に変えられた＝心を操られた、とも考えられる。

「ひな型って何です？」

「未熟だ。絵本がなければ、人を操れない。が、将来的にもし、絵本になぞらえなくとも人の心が操れるようになったら脅威だな。国を思いのままに動かせることになる」

「確かに政府要人を操ったりしたら……」

「まあ、日本政府がこれからましろを監視して、そんなことはさせないだろうが」

かわいそうだけれど、人心を操れる力なんて野放しにはできない。

あの幸福なコントロール体験の中で——ましろちゃんとつながることで私が何となく感じたのは、命に対する軽さだ。例えば私があのまま、青虫のように食べ続けたら胃が破裂してしまう。

絵本に死が描かれていたら、無邪気にそのシーンも再現される。

そう考えて、私はぶるりと震えた。おお、こわ。

リビングに戻ると、皆がこの現象が起こる条件について議論していた。

すべての絵本でコントロールが起こるわけじゃない。なら、その条件をつきとめて捜査本部に報告しなければならない。私からすると、どれも良い絵本だと思うけれど。

そうして顔を突き合わせて謎に挑む私たちに、先生が呆れたような声で言った。

「ましろの顔を見ていればわかるだろう」

コントロールが起こったときの映像を巻き戻すと、ましろちゃんは目をきらきらさせて絵本を読んでいる。一方、起こらなかったときは、ましろちゃんはどこか上の空で読んでいる。ぐりぐり鼻の穴をほじって、鼻くそを絵本にくっつけているときもあった。

「大勢の者とは歩む道が違っても、人間なんだ。その感情を無視するな」

一週間の調査で、他にも色々なことが判明した。

①ましろちゃんのコントロールは、作中の好きなキャラクターを自分の近くにいる人から順に配役していく。影響が及ぶのは視界の範囲。誰もいなければ何も起こらない。

②小説や漫画などは、複雑すぎるからかコントロールは起こらない。警察官の手作り絵本もましろちゃんは好きと言ったけれど、完成度が低いからか何も起こらなかった。

③読めない漢字や意味のわからない字があると、ましろちゃんはその字を飛ばして読む。集中力が切れるのか、それ以降のシーンでは一切コントロールが起こらなくなる。

『それだけわかれば十分だ。よくやった三駒警部』

と捜査本部から連絡が来た任務達成日の、三時のおやつ。

ましろちゃんはスプーンの柄をグーで握ってケーキを食べながら、ふんふんと鼻歌を歌っている。その隣に座った三駒警部は、目線を合わせて声をかける。

「お歌、上手ね。それは何の歌ですか？」

「わかんない」

と言ってニッと笑顔になったましろちゃんの前に、私は一冊の絵本を出してみた。この一週間の調査中は一度も出さず、封印していた〝木こりと怪物〟だった。

「ましろちゃん、こ、この絵本は好き？」

緊張しながら尋ねると、ましろちゃんは絵本よりも、私の方に目を向けた。何も言わずにゆっくりと首をかしげながら、そのまま頭をことんとテーブルに乗せた。ただじっと見ている。私の顔――というより、私の後ろにいる先生を見透かしている、ような。

私は耐え切れなくなって、もう一度尋ねる。

「この絵本は、好き？」

ましろちゃんは顔を上げて答える。

「好き。木こりと怪物」

「この絵本の、どういうところが一番好き？」

「怪物が好きー。あのね、あのね、怪物が木こりを食べちゃうのー」

「そうなんだ。そんなの見たら、私なら眠れなくなっちゃいそうだけど」

「何で？」

「木こりを食べちゃうんだよ。怖いでしょ？」

「ううん、怖くないよ」

五歳にして堂々たるものだ。私は頭を掻く。

コントロール条件①によって、ましろちゃんが乗る車の運転席にいた綿部医師が怪物役になり、駐車場にたまたまいた堂島さんが木こり役になった、ということか。

「他にも好きなところはある？」

「木こり好きー。木を切ってるところ。カーンカン♪」

「楽しそうだもんね。その次に好きなのは？」

「食べ物が好きー」

「わかる」

確かにそれは、不気味なこの絵本の中で数少ない良いところだった。挿絵に描かれている肉や魚などのご馳走は、肉厚でてらてらと光っていて、実に美味しそうだった。野菜と果物も色とりどりで、私も絵を見ながら味を思い浮かべて、お腹を鳴らしていた。

「じゃあ一番嫌いなのは？」

「やせた男、嫌い」

即答したましろちゃんは〝木こりと怪物〟を開こうとする。けれど開けられない。コントロールが起こらないようにすべてのページを念入りに接着剤でくっつけてある。

私は質問を続ける。

「ねぇ、ましろちゃん、怪物は何だと思う？」

「何って何？」

「怪物は木こりの心が生み出したものだと思う？」

難しい質問だからかましろちゃんは何も答えず、代わりに私の顔に指を向けた。

「怪物に似てるー」

「え、怪物？」

私は目をしばたたいた。さすがに聞き捨てならない。

「待ってましろちゃん、怪物は真っ黒の毛むくじゃらでしょ。お姉さんにはちょっと似てないかなって思うの。よく見て、私の顔。真っ黒じゃないでしょ。目もほら、二重《ふたえ》。歯も牙じゃないし、爪も綺麗にしてるでしょ。ね、ぜーんぜん似てないんだなぁ――」

「怪物に似てるー」

顔を引きつらせる私の肩に、三駒警部が手を乗せて小声で言った。

「ましろちゃんは怪物が好きだから、あなたも好きってことよ」

「全然、納得感ありません」

「後で餌をあげるから、今は鳴かないで」

怪物をなだめるように言った三駒警部は、ましろちゃんに向き直った。

「ましろちゃん、ケーキはどうですか？　おいしい？」

「おいしいー」

「何のケーキが好き?」

「あのね、あのね、イチゴがのってるの」

「イチゴショートね。私も好き。満腹になりました?」

「まんぷく……?」

「お腹いっぱい、ってこと」

「うんー、お腹いっぱい、なったぁ……」

ましろちゃんは口の端にケーキを付けたままうとうとして、寝てしまった。

*

初夏の昼日中、運転席でハンドルを握りながら私は後部座席に尋ねる。

「ねぇ先生。どうなっちゃうんでしょうね、この事件」

「どうなる、とは」

と先生の興味の無さそうな声。

「いったい誰が罰を受けるべきなのか、ってことです」

私も刑法についてそこまで詳しいわけじゃないけれど、犯行というのは基本、盗むな、壊すな、殺すな、の三原則。それに加えて、時代に合わせて改正、新設されるものもある。例えば、スマホやクレジットカードなんかを利用した詐欺関連の新法、とか。

けれど超常現象に関する犯罪については、世界に名だたる先進国でもまだ無法状態だった。裁く法律がないから、みすみす犯人を取り逃したなんてケースも珍しくない。

その逆もまた然り。今回の事件、罪と罰の焦点はどこにあるか、と考えていた。

それに対する先生の言葉は、短かった。

「犯人は明らかだ」

「そりゃもちろん綿部善一医師です」

「凶器は綿部の所持物で、その柄には彼の指紋がしっかりと付着し、殺害の瞬間を撮った映像まで残されている。本人も犯行を認めている。これ以上、何が必要なのだ？」

冷静すぎて冷徹にも感じるその言葉に、私の頬がぴくぴくとする。

「本気で言ってるんですか」

「私は刑法上の事実を話しているだけだ」

確かに現行法は綿部医師に罰を与える。

私は窓を少し開けて、冷房の利き過ぎた空気を外に出し、でも、と言った。

「綿部医師は絵本の中の怪物役を演じさせられただけです。初対面だった堂島さんに恨みなんてないし、殺すつもりもなかったんです。罪があるとは思えません」

現行の法に照らし合わせる事件じゃない。先生もそう考えていると思っていた。

赤信号で後ろを見ると、先生は眼鏡の位置を直して口を開く。

「それなら摩季は、ましろが罰を受けるべきだと考えているのか？」

「ややや、まさか」

一週間、つきっきりで見ていたからわかるけれど、あの子に悪意なんてものはない。ただ楽しんで絵本を読んだだけ。好きな絵本を読むと、自分の周りで勝手に人が操られて、場合によっては絵本になぞらえた殺人が起こる——そういう超常現象なのだ。

「ましろちゃんに罪なんてない。だから誰が罰を受けるべきかわからないんです」

すべては絵本の通りになっただけ。殺意を持つ者がいないのに起きてしまったこの事件の難しさに、先生なら考えが至っていないはずがないのに。

信号が青になったので、私は車を発進させる。とにかくもう警察署だ。

ちなみに、この事件自体は公になっているけれど、ましろちゃんの存在とコントロール現象のことは伏せられている。警察も罪と罰の焦点について難儀しているようだ。

超常現象で操られている間に犯した殺人は、罪に問えるのか——

捜査会議の後、このことについて話し合いが行われたけれど結論は出なかった。人とモニターの消えた講堂で三駒警部は、殺人の幇助罪かしら、とつぶやく。

「ううん、この状況を裁く法律なんてないわ」

それが、超常現象事件の難しいところ。

机に顔を突っ伏した三駒警部もまいっているようだ。

「勘弁してよ、これだから超常現象絡みの事件は。誰が裁かれるべきかもわからないし、誰かを裁く必要もあるのかどうか。表面上は凄惨な殺人事件でも、事件なの、これ？　わたしには、事故なんじゃないのかと思えてきたわ。ねぇ、忍鳥さんはどう思う？」

「聞かないでください……私にもわかりませんよ」

罪と罰はいったいどこにあるのだろう。

とはいえ、と三駒警部。

「日本国民が一人殺された事実は、消すことはできないわ」

私はうなずいた。

「迷宮入りには、できませんね」

「当然」

三駒警部が頭を搔きながら講堂を出ていくと、先生が溜息を吐く。

「やれやれ。おかしなところで、つまずくものだ」

他人には聞こえない先生の声に、私は小声で応じる。

「ちょっ、それどういう意味です？」

「言葉通りだ」

先生は会議の議論には興味を示さず、愛用の黒縁眼鏡の手入れをしていた。先生という見えない存在がかけている眼鏡に、汚れが付くのかはわからないけれど。

眼鏡をかけ直してから、先生は指をパチンと鳴らす。

「摩季、この犯行に見えないものはない。ただ見ようとしていないだけだ。視界に入らなければ、黄金も石ころと変わらない。転がっている物が黄金かどうかを見定めろ」

「何の話ですか、先生」

「仕方がない。交代だ。犯人がわかった、と言っておこう」

「は、犯人？　何の？」

「無論、この絵本再現殺人事件の犯人だ」

「……はい？」

「録音機を用意しておいてくれ」


私と先生、三駒警部は一路、ましろちゃんのいるホテルへ向かう。

ゲームオーバー寸前のテトリスのように絵本が積まれている室内を、ましろちゃんはブーンと言いながら手を広げて走り回る。今日は綿部医師が面会に来る。私や三駒警部が緊張の面持ちで待っていると、屈強な警察官に連れられて綿部医師が入室した。

「ましろ！」

駆けだした父が、我が子を抱きしめる。

「ましろ、やっと会えたな、ましろぉ……」

目に涙を浮かべる父に対して、子は状況がわかっていないのか淡々としている。

「パパー」

「ごめんな、こんなことになっちゃって寂しかっただろう」

どちらかというとましろちゃんが起こした事件だけれど、自分から謝る綿部医師の姿は子供を護る父親の鑑だった。二人の邂逅に、私も少し感動してしまった。

二人きりの父子の、しばしの水入らず。

その間に私はトイレに籠もって体の主導権を先生と交代する。

ただ私にはそもそも謎なんてものがあるとは思えない。何しろ揺るぎない証拠が揃っている上に犯人はすでに拘束されていて、警察官の前で自供もしているわけだから。

……先生は、いったい何をしようというのだろう？

便座に腰かけた私の体に、先生が重なって同化した。普段は私の目尻は少し下がっていて垂れ目気味だけれど、先生と交代するとそれがキリッと上がって鋭くなる。

「行くぞ」

黒縁の伊達眼鏡をかけて、出陣だ。

リビングに戻ると丁度、男性警察官が綿部医師をましろちゃんから離したところ。ましろちゃんには女性警察官たちが付く。至極当然の職務を全うしている警察官たちの表情は浮かない。まるでロミオとジュリエットを引き離しているかのような面持ち。

　そういう空気感の中で先生は開口一番、謎解きをする、と言った。

「真実を明るみに出せば、警察も無駄に足を止めることはなかろう」

　綿部医師とましろちゃんの間に立った三駒警部が、先生《私の体》に話しかける。

「謎、って何の謎を解くつもりなのよ、忍鳥さん」

　無論、と先生は私の声で言う。

「この事件につきまとっていた謎だ」

「そんなのある？」

「初めから違和感の多い事件だった」

「そう？　というか忍鳥さん、またタメ口になってるわね」

　訝しがられても、先生はいつも通り構わずに話を進める。

「私が違和感の正体を確信したのは、満腹、という言葉だ」

　三駒警部が首をかしげた。

「満腹……？」

「そうだ。ましろはその言葉の意味がわかっていなかった」

　私はピンときた。

　ましろちゃんの調査が一段落して、チームの皆でケーキを食べたときのこと。三駒警部がましろちゃんに満腹になったかを聞いたけれど、ましろちゃんは〝まんぷく〟の意味がわかっていなかった。それで三駒警部は、お腹いっぱい、と言い直していた。

　三駒警部もそのことを思い出したのか、ああ、とうなずいた。

「だとしても、それが何ですか」

「わからないか。読めない漢字、意味のわからない字があると、ましろはその字を飛ばして読み、それ以降のシーンではコントロールが起こらなくなる。それは実証済みだ――〝木こりと怪物〟という絵本にも、この満腹という字が一度だけ使われている」

　そうだっけ。

　三駒警部がテーブルの上に置いた絵本を開く。確かに中盤のシーンで使われている。

「満腹の意味がわからなかったましろは、そのシーンから先を空想できなくなった。満腹の字がストッパーになったわけだ。ならば中盤以降でコントロールは起こらない」

「え」

「つまり、終盤の〝怪物が木こりを食べるシーン〟が再現されるはずがない」

　捜査の流れがひっくり返る言葉に、室内は静けさに包まれる。

　先生は一同を見回して続ける。

「そのことに気づいてから事件時の映像を見ると、ある場面が違って見えてくる」

　三駒警部が眉根を寄せた。

「事件時の映像が、違って見える？　どの場面？」

「堂島が初めに綿部に切りつけられた場面だ。そこに堂島の真実がある」

「……堂島さんの、真実？」

「あのとき堂島は、手を広げた格好で切られた。その姿を我々は当初〝木こりが怪物の存在を受け入れた姿〟だと解釈した。しかし、その終盤シーンの再現は起こらない」

「だったら、あの手を広げた姿は何？」

「犯行時の映像を」

先生が要求すると、三駒警部がしぶしぶパソコンでドライブレコーダー映像を流す。五歳児には見せられないので、ましろちゃんは隣室に連れて行かれた。

先生は映像を早送りして一時停止。手を広げている堂島さんを指した。

「この姿、何かに似ていると思わないか」

三駒警部が画面に顔を近づけて、んん、と声を出す。

「何？　わたしにはやっぱり、怪物を受け入れる木こり、に見えるけど……」

「先入観をなくすことだ。子供たちのお遊戯会で、この演技は何を摸しているか」

子供たちのお遊戯会？　何だろう？　と私も考えてみる。

あ！　と声をあげたのは三駒警部。

「もしかして……木？」

私は、はっとした。胴体が幹、開いた両手が枝なのか。子供が木を演じるとき、ほとんどの子が額に木の絵を貼りつけて、この演技をするんじゃないだろうか。

その通りだ、と先生。

「堂島は木こり役ではなく、木役だ」

木役？　そういえば、コントロールで〃モチモチの木〃を演じた警察官がいた。

待って忍鳥さん、と三駒警部が言った。

「堂島さんが木役なら、綿部医師の方は何役だったのよ？」

「無論、綿部が木こり役だ」

自分の口から出たその言葉に、私は驚いた。綿部医師の方が木こり？

つまり、と先生は告げる。

「ましろのコントロールによって再現されたのは、〃怪物《綿部》が木こり《堂島》を爪《包丁》で裂いて食べるシーン〃ではなく、〃木こり《綿部》が斧《包丁》で木《堂島》を切っているシーン〃だった、というわけだ」

確かに、そう言われれば、映像内で手を広げて微動だにしない堂島さんの姿は木のようにも見えるし、綿部医師がサバイバルナイフで堂島さんを切るリズムも、絵本作中にある〃カーンッ、カン、カーンッ、カンカン〃あるいは〃コーン、コン、コーン、コンコン〃のリズムになっている気がしてくる。

待って待って、と三駒警部が声を出す。

「忍鳥さん、忘れたの？　綿部医師は、切って倒した堂島さんの体にかじりついてる。木こりが木を食べる、なんてシーンは絵本のどこにもないわ。あれは何なのよ」

「そこがこの犯行の、最も重要な部分だ」

先生は映像を早送り。停止したのは、堂島さんが倒れたシーンである。

「綿部に切りつけられている間は、堂島は木になりきって声も上げず、手を広げたままだった。しかし倒れた後は一転、体を丸め、刃から身を守るような仕草をしている」

「そうね。木にあるまじき姿、とも言えるわ」

「この〝堂島が倒れた時点〟から、コントロールは解けていたのだ」

え、と声をあげた三駒警部は画面を覗き込んだ。

「じゃあ、綿部医師が堂島さんをかじってたのは……」

「綿部の自演だ」

私は耳を疑う。あの狂気のカニバリズムが……綿部医師の自演？

ましろちゃんの力でコントロールされて、犯人の役割を演じていただけだったはずの綿部医師が、真の犯人だった、ということになる。そんな事態、考えもしなかった。

一方、名指しされた綿部医師は静かに、ただ口を閉じている。けれど、室内に数多いる警察官たちがざわざわとし始めた。スマホ片手に部屋から出ていく人もいる。

一同の視線が室内で左右した後、先生は続ける。

「木こりが木を切るシーンの再現が終わると、綿部と堂島にかかっていたコントロールは解除された。映像からもわかる通り、その時点では堂島にはまだ息があり、防御姿勢をとっている。頭を両手で守ってガタガタ震えるその姿は、どう見ても木の演技ではない。そこで綿部は、堂島をナイフで更に刺して殺しきるために、自ら別のシーンに切り替えた。木こりが木を切るシーンから、怪物が木こりを爪で裂いて食べるシーンに、な」

絵本と同じように、〝木こりが怪物になった〟のだ。

そして、と先生は犯行手順を説明する。

「堂島を殺害した綿部は、通報を受けてやってきた警察に、自分が絵本の怪物になっていたことを伝えた。これは、自分が操られていたことを、警察に知らしめるためだ」

「どうして、そんなことをする必要があるの？」

犯人指名があったことで三駒警部の表情が締まった。

「殺した堂島の遺体にかじりつくという異常行動を取りながらも、犯人には殺人の意志すらない――その状況ならば、おいそれと罪と罰の判断をくだせなくなる。他国で起こっている創作物再現事件においても、加害者は証拠不十分で釈放に至っているからな」

ましろちゃんがコントロールによって犯人と被害者を操った殺人なら、確かに裁きはおいそれとはくだせない。実際、私はこの事件の罪と罰がどこにあるのか悩んでいた。捜査本部でも、この件では誰も罪に問えないんじゃないか、という流れになっていた。

その流れまで、犯人の手の内だったことになる。

犯人は超常現象の関与をあえて明かすことで、自分の罪を消そうとした。殺害の実行犯は明らかだけれど、罰を受ける者がいない、有責性を無にしようとしたのだ。


先生の話でおろおろとする綿部医師に、三駒警部が詰め寄る。

「聞いてた？　綿部善一さん。何か弁明はない？」

「で、でも、今の話は、その人の推測じゃないですか」

「納得できる話よ」

「ちょっと待ってください！　納得できるからって、はい、そうですね、とはなりませんよ！　そんなにその話に自信があるなら、証拠！　証拠を出してください！」

ましろちゃんのコントロール能力を知った上で、それを利用して綿部医師が堂島さんを殺害した、という証拠――それを探す事件の詰めは、いつも私に投げられる。

どうしよう、今回も私には何もわかっていない。

ただ先生は綿部医師に目を向けたまま、証拠か、とつぶやいた。

「これを見ろ」

伊達眼鏡を上げた先生は、パソコン画面に映った綿部医師に注目する。

木役の堂島さんがサバイバルナイフで切られて倒れたまさにそのタイミングで、綿部医師がナイフを落としてしまう。そのナイフを拾い上げる綿部医師に、先生は指を向けている。

「この行動はおかしい」

三駒警部が首をかしげる。

「ただナイフを拾っただけでしょ？　違うの？」

「コントロールされているときは、心まで絵本の登場人物になりきる。もしもこのとき綿部が怪物を演じていたのなら、ナイフを拾うなどという行動は取らないだろう」

「そんなシーンは作中に描かれていない、ってこと？」

「いや、怪物の心理の話だ」

「怪物の、心理？」

「綿部は事情聴取で、サバイバルナイフが怪物の爪だった、と語っていた。獲物に襲いかかっている最中の怪物が、いくつもある爪の一つが落ちたところで拾うはずがない」

た、確かに、と私は誰にも聞こえない声を出していた。身の丈が三メートルを超え、鋭い爪の他に鋭い牙も持っている怪物が、折れた爪なんて気にかけるわけない。

先生が綿部医師に告げる。

「落ちたナイフを拾う、という行為は、紛れもなく人間の行動だ。このときにコントロールが解けていたから、お前は自我をもってナイフを拾い、堂島にとどめを刺したのだ」

口をぽかんと開けている警察官たちの中で、綿部医師は困惑している。

「そ、それも推測です！　皆さん、こんな話で納得しないでください！　言った者勝ちじゃないですか！　すべて創作話！　違うというなら証拠を出してください！」

綿部医師を犯人だと思っていない警察官は、この場に一人もいないだろう。ただ、綿部医師の言葉は正しい。三駒警部も苦虫をかみつぶしたような表情をしている。

そんな空気の中――

「お前、何か勘違いしてないか」

と先生が静かに言う。

「勘違い？」

「この事件で、新たな証拠など必要ない」

「え、いや、それはちょっと無責任なんじゃないですか！　創作話で僕の名誉を毀損したのは、あなたなんですよ！　それなのに証拠を出すつもりがないなんて――」

「言葉は正確に聞け。私は、新たな証拠、と言っただろう」

「は？」

「もう証拠は十分揃っている。お前が堂島を殺している映像も、凶器に付着した指紋も、初めから出ているからな。お前自身、犯行を認めていたんじゃなかったか？」

綿部医師は目を見開いた。

「そ、それは……」

「超常現象によってコントロールされていたお前を罪に問えない、などと考える者もいるが、そもそも超常現象というものは、現行の法律に照らし合わせることはできない。であればお前が、通常の殺人事件の犯人として殺人罪に問われることは、間違いない」

犯罪とは――刑法上の刑罰が科せられる行為。超常現象の関与は考慮されない。

先生の言葉に、私も警察官たちもあっけにとられていた。

確かに、偽らざる証拠は初めから揃っているし、初めから殺人犯は綿部医師だった。私は……いつから綿部医師にはまったく罪がない、と思っていたのだろう。

「しかし」

と反論を試みる綿部医師を、先生が、つまり、という言葉で遮る。胸ポケットから録音機を出して、テーブルの上に置いた。スイッチはすでに入れられている。

「これから決めるべきは、お前を重罪に問うか、軽罪に問うかだ。事件時の映像や、録音しているこの話を見聞きした裁判官の心証の問題。承諾無しの録音に証拠能力はないが、お前が落としたナイフを拾った事実は、確実に心証天秤を重罪の方に傾けるだろう」

綿部医師の口から出るのは、え、や、い、という言葉のみ。額には大粒の汗が浮き、広いソファで縮こまっている。人食いの怪物の姿は無く、矮小な人間がいるだけだ。

攻守が、完全に逆転している。

「事件は逮捕して終わり、ではない。逮捕、捜査、起訴、裁判を合わせて刑事訴訟法。お前はすでに逮捕され、捜査によって証拠も揃っている。起訴も時間の問題だ。ならば今は裁判で必要な話をすべきだろう。初めから私はお前に話しているのではない。裁判でお前により重い刑罰を与えるため、この録音を通して裁判官に情報提供しているのだ」

「ちょっ待ってくだ、ぼ、僕は――」

先生は口の前に人差し指を立てた。

「シー。綿部善一、言葉は慎重に選べ。今、証拠を出すべきは、私ではなくお前だ。事件時に怪物になっていたというお前の〝創作話〟について、言い分があるなら聞こう。お前は落としたナイフをいったい何だと思って拾い、倒れた堂島にとどめを刺したのか」

そうだ、その通りだ、と私は思う。〝堂島さんが死ぬまでずっとコントロールされ続けていた〟という証拠を出さなければならないのは、綿部医師の方だ。

沈黙の後、綿部医師は小さく、実は、と言った。

「あ、あなたが言っていたように、僕は木こり役でした……木こりは丸太を、町に売りに行きますから、運びやすく小さくしようと、倒れた堂島さんを切ったんです……」

先生は首をかしげる。

「ならば、なぜその木にかじりつく？　納得できる言い分があるなら聞こう」

「木に付いた虫を、食べようとしたんです……木こりはお腹が、すいてますから」

「木こりが木に付く虫を食べる描写は絵本作中にはないし、木役をつとめた堂島の皮膚はあくまで木の皮であって、虫ではない。納得できる言い分があるなら聞こう」

「それは……」

と言ったまま顔も上げない綿部医師は内股で縮こまっている。

綿部医師は顔を手で覆って、指の間から声を出した。

「僕が……やりました」

そして、力の抜けた顔で自供を始める。

そもそも彼は初めから自分が犯人だと語り、犯行を詳細に説明していた。嘘発見器でも見抜けなかったそのときの自供は、真実であり、偽りでもあった、ということ。言わば、彼は〝犯人である〟という真実を語り、〝真犯人である〟という嘘をついたのだ。

綿部医師はやはり娘の異能を知っていたそうだ。

彼は元々、ましろちゃんが〝怪物が木こりを殺して食べるシーン〟を再現すると想定して、この犯行を企てたようだ。ましろちゃんが怪物が好きと言ったから。

けれど、そうはならなかった。

「忍鳥さん、あなたが解き明かした通りです。ましろは〝満腹〟の意味を知らず、実際に再現されたのは〝木こりが楽しげに斧で木を切るシーン〟です」

綿部医師は警察と同じようにましろちゃんの異能を調査して、絵本再現が起こる条件は理解していたけれど、ましろちゃんが満腹の意味を知らないことは把握していなかった。

三駒警部が顔をしかめて綿部医師に詰め寄っていく。

「あなたはどうして実の子供を利用してまで、堂島さんを殺したの！　彼との間には何の繋がりもないはずでしょ？　まさか愉快犯じゃないでしょうね！　答えなさい！」

綿部医師は息を吐く。

「愉快犯などではありません。僕は、ましろのために……」

そうして彼はこれまでの経緯を語り始めた。

ましろちゃんがコントロールという特殊な力を発現させ始めたのは、およそ十ヶ月前。お母さんが交通事故で亡くなった、その後からだったという。ずっと泣き続けているましろちゃんに、綿部医師は絵本を与えた。母親を失った女の子の話で、それを読んでからましろちゃんはぴたりと泣かなくなり、代わりに異様なことが起こるようになった。

初めはましろちゃんが〝おおきなかぶ〟という絵本を読んでいたとき。

ターゲットになったのは綿部医師と、葛城《かつらぎ》さんという友人だった。気づけば二人はおじいさんとおばあさんになって、一心不乱に観葉植物をひっぱっていたという。

「うんとこしょ　どっこいしょ」

声を掛け合いながら、ようやく観葉植物《カブ》がひっこ抜けて我に返ると、二人は半ば興奮状態でその状況について話し合った。どうして二人して、まったく同じ白昼夢を見たのか、と。絵本の中にいるような心地よい感覚に、童心に返ったような気持ちになった。

ただその日は、おかしなこともあるもんだと思っただけだったようだ。

そう言えば、と私は思う。私がコントロールを体験したとき、はらぺこあおむしになる前に、誰かに膝枕をしてもらっているような感覚があった。幸せな安心感に包まれた。あれはおそらく、ましろちゃん自身の思念。ましろちゃんは、突然いなくなってしまったお母さんの愛情を絵本の中に求めて、絵本再現現象を起こした……のかもしれない。

綿部医師の話は、しかし、と続く。

「それから少し経った、ましろの五歳の誕生日のことです」

お母さんのいないお祝いが少しでも楽しい思い出になるように、綿部家は自然が満喫できる郊外の隠れスポットにキャンプへ行くことにする。葛城さんにも声をかけて。

誕生日プレゼントには、綿部医師はぬいぐるみをあげて、葛城さんは〝タヌキになったキツネ〟という絵本を渡した。ましろちゃんがぬいぐるみを抱えながら絵本を読む中、綿部医師は肉を焼いてサバイバルナイフでさばく。葛城さんは釣りに勤しんでいた。

そこで再び白昼夢が起こる。まどろみの中――

綿部医師はイライラするキツネになっていた。変化の術が一番得意なのは自分なのに、村人たちはタヌキばかりをもてはやす。そんなタヌキに嫉妬をするキツネだった。

キツネは、川辺で魚を捕るタヌキの丸い背にそっと寄って、急流に突き飛ばした。ざまあみろ、と変化の術でタヌキの姿に化けたところで、夢から覚めた。

綿部医師は首を振って口を開いた。

「タヌキは……葛城でした」

突き飛ばされて川を流れる葛城さんを、綿部医師は無我夢中で泳いで助けたけれど、彼は水を大量に飲んで意識を失っていた。救命措置も空しく、呼吸は戻らなかった。

医者である自分の手で葛城さんの死を確認してから、震え始める。

真っ先に思い出したのが〝おおきなかぶ〟。カブを引っこ抜いたときと同じく、白昼夢の呪縛にかかっていた。綿部医師は急ぎ、ましろちゃんが読んでいる絵本を取り上げて確認すると、あったのだ、嫉妬するキツネがタヌキを川に突き飛ばすシーンが。

偶然じゃない。ましろには絵本を再現する力がある、と感じたという。

「つまり……ましろが意図せず犯してしまった殺人、なんです」

と語る綿部医師は、唇を震わせる。

「わかっています。本当はそのときに娘を警察に連れて行き、すべてを話すべきでした。しかしましろの目を見ていたら、そんなことはできませんでした。ましろには僕しかいないんです。僕が守らなければという思いで……葛城を事故死に見せかけよう、と」

幸いキャンプシーズンを外れていて川辺に人はいない。綿部医師は、葛城さんが誤って川に落ちて溺れ死んだことにした。ただ事態はそれでは終わらなかった。

一ヶ月ほどが経った仕事帰りに、大柄な男に声をかけられる。

葛城さんを川に突き落とす綿部医師を、隠れて見ていた男。それが都内でサラリーマンをしながら〝ぼっちキャンパー〟として動画投稿をしていた堂島勇人さんだった。

彼は一部始終を撮影。そして、車で帰る綿部医師を追走して自宅を突き止め、そこから名前や職業、勤務地を調べた。ということを告げて、彼は撮影した動画を見せた。

「この動画を買い取りませんか。良いキャンプ記念になります」

呑まざるを得なかった。買取は現金で、マンションの駐車場で行った。

けれど、動画を小分けにして次々見せつけてくる堂島さんの要求は終わらない。このままでは永遠に強請《ゆす》られる。何とかしなければならない。

「ましろの殺人を隠すため、僕はましろの力を借りた……借りてしまったんです」

やむなく超常現象犯罪に手を染めた綿部医師の告白を、私は黙って聞いていた。

強請屋は自分の存在を隠そうとする。ターゲットとの接点を消して、監視カメラなども警戒する。堂島さんも動画データをパソコンなどには保存せず、彼しか知らない場所に隠していたようだ。綿部医師はそんな状況を利用して、この犯行を計画したという。

「すべてはましろのため。娘を守りたかった……それだけなんです」

対して、先生は冷たい目をしている。先生はやはり、怒っている。

「守りたかった、だと」

「あなただってもうわかったでしょう！　ましろの力は簡単に人を殺人鬼に変えるんです！　そんな娘を——妻が残してくれた一人娘を、僕は守ってきたんです！」

と綿部医師は悲痛な表情で訴える。

父親が子供を守るというのはそういうものなのか。その辺が私にはわからない。私自身の父親は、私が物心つく前にいなくなったから、私は父親というものを知らない。

涙を浮かべる綿部医師に先生が、それなら、と言う。

「なぜ〝ましろが超能力者だとわかることが前提〟の犯行を計画した？」

「……何が前提ですって？」

「事件時、お前は絵本に操られていたことを語り、それによって警察がましろの力をつきとめた。となれば、政府はましろを連れて行く。これはそれを前提にした犯行だ」

そう言えばこの事件は、警察がましろちゃんの超常現象を把握した上で〝操られていた綿部医師に罪がない〟という結論に至らなければ、成立しない。

その結果として、ましろちゃんは警察に連れて行かれる……

これはそれを前提にした犯行、なの？

「真実を語れ」

と先生が圧をかけると、綿部医師は顔を伏せる。

「絵本の通りに人心を操る力……初めは、すごい力だと思ったんです。危険なところはあるけど、使い方によっては様々なリハビリ行為や終末期医療にも貢献できる、と」

しかし、と綿部医師は声を震わせて続ける。

「ましろが葛城を溺死させたことは、決して忘れることはできません。僕はあの日から、ずっと悩んでいた、悩み続けていたんだ……警察にすべてを話すべきなのか。僕がましろと離れることになったとしても、それがましろのためになるんじゃないかと……」

僕はいったいどうすればよかったんだ、と言って頭を抱えている。

ただ、その言葉はどことなく嘘くさく感じる。心証天秤を意識しているような。

先生は綿部医師に問いかける。

「何を思い、娘を生贄にするようなこの犯行を実行した？」

人聞きの悪いことを言うな！　と綿部医師は吠えた。

「お前なんかに、異能者を子に持った親の気持ちがわかるか！」

「そんなことはどうでもいい。真実を語れ、と言っている。そもそもお前は〝ましろが犯した殺人〟と強調していたが、葛城を溺死させたのはお前だ。堂島に撮影されたのもお前の姿だ。法律はお前が犯人だと判断する。お前自身、それがわかっていたはずだ」

「い、いや、僕は……」

先生は私の体で、綿部医師に詰め寄る。

「お前はましろのためではなく、お前自身のために警察に行かなかったのだ。その後は大方、ましろの力を小銭稼ぎに利用するつもりだったのだろう。しかしましろと一緒に暮らすうち、自分が殺されるかもしれないと気づいて怖くなった、といったところか」

普通に生きていた人がある日、強大な力を手に入れる。超常現象を利用できる立場になると、人は社会の抜け道を探すようになる。道徳心溢れる人でも、簡単に道理を外れる。超常現象を利用すれば、罪が発覚する可能性は低い。それなら、やっちゃえ、と。

私も先生もそんな人を何人も見てきた。

口の端をぴくぴくさせている綿部医師に、先生は告げる。

「犯行は雄弁だ。お前の口から際限なく放たれる嘘を抜けば真実が見えてくる。お前は、財産を脅かす強請屋《堂島》と、自分の命を脅かす娘を同時に排除する計画を立てたのだ」

綿部医師の顔色が真っ赤になった。

嘘発見器すら欺いた彼は嘘の塊。初めから娘を想う気持ちなんてなかったんだ。

父親がずっとこんな感じで家族をないがしろにしていたのなら、ましろちゃんにはお母さんだけだったのだろう。お母さんが突然いなくなって、どれだけ悲しかったか。そんな心の穴を埋めるためにましろちゃんは絵本に依り、超常現象を起こしてしまった。

綿部医師は憎々しげに歪めた顔を掻きむしってつぶやく。

「あんたに何がわかる。僕は殺人の力を持つ子なんて欲しくなかっ――」

パン、という音。

先生が綿部医師の頬を手の甲で払った。

私の手が、少し痛かった。

綿部医師が連行される間際、ましろちゃんが別室から戻ってくる。

最初のように綿部医師が我が子を抱きしめることは、もう警察官たちが許さない。綿部医師は沈痛な顔で我が子を見て、嘘くさい悲しみを表現して、連行されていった。

父と子が会うことは、もう二度と無いかもしれない。

綿部医師は刑務所行き。ましろちゃんの方も茨城県の筑波研究学園都市にある超常現象研究施設で、無期限で経過を観察されることが決まっている。面会謝絶だろう。

ましろちゃんが三駒警部に抱きついた。

すっかり懐いている。三駒警部はましろちゃんの担当捜査員としてちょくちょく施設に出向いてくれるらしいので、綿部医師と一緒に暮らす環境よりはずっといい。綿部医師はましろちゃんの力を恐れて、常日頃からほったらかしにしていたようだから。

両親を失った女の子には、三駒警部も施設員もたっぷり愛情を注いで接して欲しい。そうすればましろちゃんも将来、コントロールを悪用する大人になんてならないはず。ましろちゃんがその力を失って普通の女の子になるのを私も願って——

ましろちゃんが私の体《先生》の方に来た。

私にも懐いて抱きついてくれるのかと思いきや、目の前で足を止めた。

そのふっくらとした小さな口が開いて、

「怪物ー」

と言った。私を指して——いや、先生を指しているのか。

そう言えばましろちゃんは前に、私を〝怪物に似てる〟と言った。あのときは私のどこが毛むくじゃらの怪物に似ているのと納得できなかったけれど、まさかあれは先生のことを言っていたのだろうか。木こりにつく怪物と、私につく先生が、似ている、と。

——ましろちゃんにはわかるのか、先生が。

突然、体の制御が私自身に戻ってきた。私はがくりと崩れて、床に膝を打ち付けてしまった。

こうなるから、交代を解くときは事前に言って欲しい、と言っていたのに。

私は頬をふくらませて辺りを見回した。これは後で抗議しないと。

「あれ？」

先生がいない。交代を解いた直後は、いつも近くにいるのに。

そこで三駒警部が寄ってくる。

「ねぇ、大丈夫？　今、膝を打ったんじゃない？」

「大丈夫です」

そんなことより、先生はどこに行ったのか。立ち上がった私はソファの後ろやベランダを見て回ったけれど、どこにもスリーピーススーツ姿の先生がいない。

……先生が、消えた。

私は室内を駆け回りながら、四方に声をかける。

「せ、先生！　出てきて先生！」

「お、忍鳥さん、どうしたの？　先生って誰よ？」

「どこですか、先生っ」

しかし先生は、現れなかった。

私は頭を抱えて、その場にうずくまる。


先生の存在は秘密、誰にも知られてはいけない。

もし知られたら……

先生は帰る、自分の体へ。

第四話　私と彼のタイムリープ

連絡船で波に揺られ、熊本県の離島、平升島《ひらますじま》に着いたのは午後三時過ぎだった。

木造の桟橋や一本だけ生えているヤシの木。泡立つ波が寄せるテトラポッド。道を横断する蟹。

白波が海面を噛んで、ちぎれていくのを、私は膝を抱えて眺める。

島民のほとんどが漁師らしく、この時間には港に人はいない。ふいに子供たちの笑い声が聞こえて振り返ったものの、見えたのは小径に伸びる影だけ。連絡船から降りた他の客も幻のように消えて、私は場違いなスーツ姿で独り、海からの風に吹かれていた。

仕方なしに、ソバージュ頭のおばさん人魚（アマビエ？）が描かれた漁業組合の看板を見ていると、私の名前を呼ぶ声が風に乗って聞こえた。遠くで作務衣姿のおじいさんの影が手を振っている。これも幻となって消えてしまわない内に、私は早足で近づく。

「あんたが忍鳥摩季さん？」

予約した民宿の主人が迎えに来てくれたようだ。挨拶をして握手を交わしたその手は、ビルの谷間で生きている私とは比べものにならないほど健康的に焼けている。

少しタバコ臭い車は港を出て、乱積みされた石垣の間をゴトゴトと抜けていく。十字路より四つ辻と言った方が雰囲気に合っている田舎道を過ぎると、辺りを一望できる景観を得た。なだらかな坂の上に古民家が棚のように並んでいる。

民宿は昔ながらの日本家屋でそれほど大きくはなく、案内された二階の一室も布団を敷くスペースしかない四、五畳くらいの部屋だった。中央には飾り気のない小机、窓辺には木目が美しい長椅子が置かれている。素朴な味わいがあって、好みの部屋だった。

バッグを置いて一息ついたところで、戸の向こうに人が立つ気配があった。

「お客さん、天ぷらお持ちしたばい。残り物ですけど、よければどうぞ」

「ありがとうございます。いただきます」

戸を開けて女将さんからお盆を受け取って、戸を閉めた。

からっと揚げられた衣に隠れているのは、茄子や人参、蓮根、ごぼう、それから魚、すべてこの島で取れた物だろうか。好物の芋天に醤油をちょんと付けて口に入れると、ほど良く油の滲みた衣が薩摩芋の甘さと混じり合って、口の中に旨味が広がっていく。

でも全部は入らない。気が張っていて。

私は窓辺へ。向かいの軒先では老婆が編み物をしていて、浅葱色の風鈴が残暑の風に揺れている。チリン、チリン、という涼やかな音を聞きながら、私は長椅子に座る。

――この島にある唯一の病院から、私に一通の手紙が届いていた。

二十年近く前に失踪した父の、危篤を告げる報せだった。

午後五時。陽光は陰って、村全体が茜色に染まっている。

窓を閉めて部屋を出ると、ギッギッと音の鳴る階段を下りて外へ。トウモロコシの匂いがする古民家の間を抜けると、稜線に向かって広がる田畑が見える。所々に立つカカシの〝へのへのもへじ〟顔がどこか泣きそうなのは、私の心を映しているのだろうか。

目的の平升病院は東にまっすぐ行けばすぐだと宿の主人から聞いていた。ただ私の足取りは重くて二十分以上もかかった。病院の門前でも五分、立ち止まってしまった。

半年前に消えた先生がいてくれたら、少しは気分も落ち着くのに。

先生はあれから、一度も現れていない。

海に面した三階建ての建物は、田舎の病院にしては大きい。白塗りの壁は日差しと海風にやられて剝げ、潮の匂いはコンクリートの中まで染み込んでいるけれど、病院としての清潔感はある。

併設された薬局の前を通って、重い足を動かして入り口から入る。

受付で名前を告げて待つと、左手にあるスタッフルームから一人の男性がやってきた。白衣姿だけれど、医師にも看護師にも見えないたくましい体つきをしている。

「忍鳥摩季さんですね。自分が案内役を務めさせていただきます、スタッフの安藤《あんどう》達巳《たつみ》と申します。本日は短い間ですが、どうぞよろしくお願いします」

その言葉には九州の訛りがない。移住者なのか。

「よろしく、です。あの……遅れて申し訳ありません」

「いえいえ、休憩時間が延びてラッキー！　ってなもんです」

と言って彼は笑顔を見せたけれど、私は笑う気分じゃない。そんな私を見て、安藤さんは父が危篤で落ち込んでいると思ったのか、大丈夫です、と言った。

「お父さんが危篤、というのは少し大げさな表現です。ただ、体が衰弱していて、いつ何が起こってもおかしくない状況なので、早めにご連絡させていただいたわけです」

私が、はい、とも、はあ、とも聞こえる声を返すと、安藤さんは両手を打った。

「では、お父さんの病室に案内しますね」

私は安藤さんの後に付いて、とぼとぼとリノリウムの廊下を歩く。

お母さんは、父がここにいることを知っていた。知っていて私には黙っていた。

「あたしは仕事が忙しいから、摩季が一人で行きなさい」

と通達された。遥か昔に私を捨てた男を見舞う必要なんてある？

いったいどんな顔で会えばいいのか、どんな言葉をかければいいのか、まだ決まっていない。

にもかかわらず安藤さんの足は進んでいき、私の足はその背を追って歩く。

エレベーターで三階に上がり、その最奥にある個室の前で止まる。

「準備はいいですか？」

よくはない。

けれど準備が整うなんて一生ないのでうなずくと、ドアが開けられた。

七畳ほどの室内にベッドがあって、点滴スタンドや酸素ポンプ、吸引器などが置かれている。ある窓からは潮の匂いがする風がそよそよと吹き込んでいる。物は少なく、低い台に本が三冊載っている。ベッドに寝ている男性は自力では起き上がれないようだ。

安藤さんがスイッチを操作すると、ベッドが傾いて男性の上半身が起きる。

その体に伸びるいくつもの管も露わになる。

顔を覆い隠すほどの長い白髪。その隙間から見えるのは、骨と皮だけの痩せこけた顔だった。頭蓋骨に皮膚を貼り付けただけの凹んだ眼窩には眼球が入っていて、零れ落ちないように眼鏡で蓋をしている。肌には深い皺が刻まれていて、羊皮紙のようだった。

機械に生かされている骸骨、というのが第一印象。その姿は死を想起させる。安藤さんはまだ大丈夫だと言っていたけれど、本当だろうか。今にも死にそうに見える。

〝これ〟が私の父。年、いくつ？

言葉を失っていると、父のひび割れた口が開く。

「久しぶりだな。私がわかるか」

しわがれたガラガラ声に、私は言葉を返せない。

父との思い出なんてほとんどない。顔も声も覚えていなかった。水槽の底に沈殿した濁りのように、記憶の奥に辛うじて残っているのは、一つだけ。父の手の記憶。

大きな手が私に伸びてくる記憶。

頭を撫でられたのとは違う。わしづかみにされたのかもしれない。

私はそれで泣いてしまったのだ。

そんな、心の奥底でトラウマになっている思い出だけを残して、父という存在はいなくなった。まるで瞬きの間に消える幽霊のように、彼は幼い私の前から消えた。

父は生きていた。熊本の離島で骸骨のような姿になって。

安藤さんが父の傍に寄って声をかけた。

「潮風が体に障りますよ。窓、閉めましょうか？」

「いや、今日は体の調子が良いから、開けてもらったのだ」

「そうでしたか。では開けたままにしておきますね」

「ああ」

「じゃあ、親子水入らずで」

と言って安藤さんが出て行った後、父は私に目を向けてきた。

何も言わずに、じっと見ている。気まずい。顔も覚えていない父と、いったい何を話せばいいのか。いなくなった理由があるなら、それをまず話すべきなんじゃないの。

取り出したスマホに目を落として、そのままどれくらい経っただろう。

十分か、十五分くらいか。

体は汗だく。極度の緊張とストレスでか、息も苦しくなってくる。すー、ふー、と呼吸をしながら壁に手をつく。気分が悪い。外の空気を吸った方がいいかもしれない。

そう思って顔を窓に向けた瞬間、女性と目が合った。

恐怖に顔を歪めた、逆さまの女性。

「え？」

ほんの瞬きの合間に、女性はそのまま落ちていった。

そして、ドン、という音。

目を見開いた私は急いで窓辺に寄って、そこから顔を出した。

真下の駐車場に、白衣姿の女性が倒れている。壊れたマネキンのように、首や手足が折れ曲がり、動かない。夕日が映えるアスファルトに赤黒い血が広がっていく。

視界が朱に染まる。自分の吐く息が荒くなって、眩暈がする。

体が熱くて立っていられず、床に突っ伏し、目を閉じた。


目を開けると、私は窓辺の長椅子に座っていた。

緩やかな風が吹き込む窓からの景色には、見覚えがある。民宿の客室だ。向かいの軒先では老婆が編み物をしていて、浅葱色の風鈴が風に揺れている。チリン、チリン。

私は胸に手を当て、しゅー、と息を吐いた。

「夢だぁ」

という心の声が口から出てしまって、老婆がこっちを見上げた。リアルすぎる夢。これはあれだ、昨日飲み過ぎたのが原因だ。父に会う決意ができなくてお酒に頼った。

時刻は四時三十五分。私はゆるゆると準備をして、民宿から出る。

平升病院へと続く古民家通りの石畳を歩く。道に人影はない。水面を映したかのように青い空に、赤く暗い雲が広がっていく。これから父に会うと考えると、やはり心は重い。けれど、夢の中でシミュレーションをしたので、少しは重圧が和らいだ。

……ただ、おかしい。

初めて通るはずの病院への道を、私は知っている。既視感がある、というレベルじゃなく、夢で通った道とまったく同じなのだ。夢の中ではのろのろ二十分かけた道を五分程で踏破して、見えてきた病院も、白塗りの壁がところどころ剝げたあの病院だった。

「何なのこれ……」

知っている。すべて見ている。

次第に速くなる足取りで薬局前を抜けて病院に入る。

受付で名前を出して待った後、スタッフルームからやってきたのは、たくましい体つきの〝あの〟安藤さん。顔を引きつらせる私に、彼は自己紹介をする。

「忍鳥摩季さんですね。自分が案内役を務めさせていただきます、スタッフの安藤達巳と申します。本日は短い間ですが、どうぞよろしくお願いします」

まったく同じ言い様に背筋がぞくっとした。

笑顔を見せる安藤さんに、私は首を横に振って言う。

「さっき、しましたよね、自己紹介」

「さっき？」

「一緒に、父の病室に行きましたよね？　か、からかってるんですか？」

「いや、何で初対面の方をからかうんですか」

とぼけているようには見えない安藤さんを、私は急かす。

「ち、父の病室に連れて行ってください」

病室はやはり三階。昇るエレベーターの中で、私は安藤さんに声をかける。

「ちょっと、確認させてください。父の病室には三冊の本があるんじゃないですか。管だらけの父は長髪の白髪で、肉がない痩せこけた顔をしてるんじゃないですか」

私の言葉に、安藤さんは目を丸くしている。

「ど、どうして、そんなことがわかるんですか？」

夢じゃない。

困惑する私は、同じく困惑する安藤さんと三階最奥の個室に行く。

病室に入ると、安藤さんがスイッチを押して父の上半身を起こす。顔を隠す長い白髪とドクロの顔、羊皮紙のような肌も、私は知っている。ひび割れた口が開いた。

「久しぶりだな。私がわかるか」

と私が先んじて言う。

言葉を盗まれた父は、眉を寄せている。

疑問を口に出しそうな父を無視して、私は安藤さんを室外に連れ出す。

「この後、屋上から……女の人が落ちる、かもしれません」

「女性が落ちる？　飛び降り自殺、ということですか」

「たぶん」

「何で、そう思うんです？」

「一度、経験してるんです、今の状況を」

「……はい？」

「少し前、私は安藤さんに会って一緒にこの病室に来てるんです。それからまだ一時間も経ってないのに、なぜか安藤さんはそのことを覚えてない……んですよね？」

安藤さんは曖昧にうなずいた。

彼が信じていなくても、別にかまわない。それより――

「止めないと、あの女性が飛び降りるのを。今、屋上に行けば、止められるはず」

と言って病室から離れようとする私の手が、安藤さんに摑まれる。

「待ってください。忍鳥さんは、ここにいてください」

「な、何でですか、人が飛び降りるかもしれないんですよ」

「それは私が見てきます。忍鳥さんは、お父さんと一緒にいてください」

「父と？」

「せっかくの機会なのに、お父さん、ほったらかしなので」

そんなこと気にしていなかったし、気にされているとも思わなかった。

「事情はあるかもしれませんが、話せるときに話した方がいいと思います。植物状態の患者さんが目覚めるのは本当に稀。しかも二十年近い眠りから覚めたのに、思考力もしっかりしているなんて。自分は子供のころに父を亡くしているので羨ましい限り——」

「待ってください。〝二十年近い眠りから覚めた〟？」

「はい。知らなかったんですか」

ずっと眠っていたなら、家族を捨てたわけじゃない。

んー、と私は唸りながら頭を掻く。それが本当だとしても、父を受け入れる気持ちにはならない。突然いなくなった父に恐怖を感じながら生きてきたのだ。

私は、まず、と言う。

「父の方から事情を話して、謝ってほしいです、私の人生から消えたことを」

「忍鳥さん、男という生き物はなかなか頭を下げられないものです。若者の柔軟さで、その辺のところは埋めてあげてください。そうすればお父さんも、きっといろいろな思いを話してくれます。ここで自分と話すより、病室でお父さんと一緒にいてください」

そこまで言われたら、わかりました、と応じるしかない。

「その代わり、飛び降りの女性はお任せします。絶対、助けてください」

うなずいた安藤さんが去ると、私はノックをしてから病室に入る。

父は私をじっと見ているだけで、無言。私の方も言葉をかけられない。家族を捨てたわけじゃないのかもしれない。仕方なかったのかもしれない。だけどやはり、怖い。

幼い私を泣かせたあの手が伸びてくる気がする。

そこで父の口が枯れた声を出した。

「先ほどはなぜ、私が言おうとした言葉がわかった？」

夜の闇が入る病室で、尋問のような空気に耐えられず、外に出ようとしたとき――

女性の短い悲鳴と、ドン、という音が聞こえた。

窓に駆け寄って駐車場を見下ろすと、夕闇の中、あの白衣の女性が倒れている。前と同じように女性の手足が折れ、首も曲がり、流れ出た血が広がる。

「あああ……」

また落ちたんだ。安藤さんは止められなかったのか。

私は病室から出て廊下を走る。けれど、もうすぐエレベーターというところで強い眩暈を感じて、前につんのめって廊下に転がった。体が熱く、手足の感覚が無くなる。

音と景色が遠のいて――

私はまた、ぽつんと窓辺の長椅子に座っていた。民宿の自分の客室だ。

向かいの軒先には、編み物をする老婆。暗みを増していた黄昏刻の空は、赤みを取り戻している。時刻を確認すると、午後四時三十五分。頬がぴくぴくと引きつる。

「嘘、でしょ」

窓辺に呆然と立ち尽くして、向かいで風に揺れる浅葱色の風鈴の音を聞いていた。けれど、チリン、チリンという軽やかな音も、心の雲を晴らしてはくれない。

文献で読んだ〝タイムリープ現象〟というのは、時間が巻き戻り、過去に意識や体が飛ばされてしまう現象。五十年先の未来からタイムリープしてきたと語る人の眉唾物の話は聞いたことがあったけれど、まさか自分がそんなことになろうとは思いもしなかった。

六時過ぎに目眩とともに体（胃の辺り）が熱くなって、四時三十五分の民宿に戻る。しかも安藤さんたちの様子からしても、タイムリープを繰り返しているのは私だけ。

「助けてよ、先生……」

呼んでも、先生は来てくれない。私一人で何とかしないと。

私は朱に染まる空に蓋をするように窓を閉めて、民宿の畳に膝を抱えて座り、あの女性について考えていた。彼女が病院の屋上から落ち、駐車場のアスファルトに打ち付けられて死ぬことでタイムリープが起こる――それなら、彼女が原因なんじゃないの？
とりあえず、彼女に自殺を思い留まらせる。説得してみよう。

五時半過ぎに民宿を出て、平升病院へ向かった。正直、怖い。何をしたところでまた一人の窓辺に戻るのかと思うと、何が現実かわからなくなる。波に流される砂の城のように、どうせすべてが消えてしまうなら、現実なんてどこにも存在しない。

門から入ると、駐車場に人だかりができている。

「こ、今度は何」

ざわめき。悲鳴に近い声が肌をピリピリとさせる。駐車場に人が集まっていることなんて今まで一度もなかった。吹きだす汗をハンカチで拭いても、拭いきれない悪感。

病院の入り口から、ストレッチャーを持った看護師たちがやってきた。

「道を開けてください！　どいて！」

彼らが人だかりをかき分けて、その中が見えた。

女性が倒れている――あの女性が。

死に続ける彼女の遺体を、近くで見るのは初めてだ。顔が割れている。

頭の一部が壊れて顔面の半分がずれ、剝がれた頭髪の奥から赤黒い物体が飛び出している。手足があらぬ方向に曲がって、その白衣にもあちこちに血が滲んでいる。

頭から落ちて、地面にぶつかった衝撃で体が跳ねて手足が折れたのだ。

ざわめきの中で誰かの声が言った。

「まじめな看護師さんやったのにな」

「屋上から飛び降りたんや」

「ひどか。頭から落ちっこちたばい」

最初のとき、逆さまですれ違った恐怖に歪んだ顔が、脳裏をよぎる。あのときは六時過ぎだった。今はまだ六時にはなっていないのに、彼女は飛び降りてしまった。

……なのに、タイムリープは起きていない。

「この人が、原因がじゃない？」

顔を上に向けると、屋上に人の気配がある。

運ばれていく遺体を見送った私は、急いで院内に入ってエレベーターで三階へ。そこから階段を駆け上がると、風が吹きつける屋上に白衣姿の病院スタッフたちがいる。

そのうちの一人、五十代くらいの男性が私に声をかけてきた。

「誰ですかあなた！　ここには入らないでください！」

「女性がここから飛び降りたのかもしれないと思って、見に来たんです」

「それはこちらで調べますから、出て行ってください」

「すいません。前に殺人事件に関わったことがあるので気になってしまって」

「さ、殺人事件？」

機を逃さず、私は尋ねる。

「ちなみにあなたたちは、ここで何をやっていたんですか」

男性は他の人と顔を見合わせてから、僕は内科医の田淵《たぶち》です、と自己紹介した。

「実は僕らも、亡くなった女性——東雲《しののめ》佐和《さわ》さんが、ここから突き落とされたんじゃないのかと、調べに来たんです。彼女は決して、自殺をするような女性じゃないので」

他殺。

それは私もうすうす考えていた。ただどうやって？

三列の物干し竿にかけられた洗濯物がはためく屋上は、ぐるりと高いフェンスに囲まれている。人を手で抱えてフェンスの上から放り落とすことは難しそうだ。

この長い物干し竿を利用したの？　先生ならすぐにわかりそうなのに。

そんなことを考えていると、田淵医師が言った。

警察には連絡をしてあります、と。

「後は彼らに任せましょう。すぐに犯人を見つけてくれるはずです」

そう、これが事件だったとしても、屋上からの突き落とし殺人なら、それほどねじ曲がった事件じゃない。犯行の痕跡がいくつも残されていることが多いから。鑑識が屋上を調べれば、あっけなく指紋や靴跡などの証拠が見つかって、犯人逮捕に至るだろう。

　でも私はそれを待てない。六時二分。もう目眩がして、体が燃えるように熱い。

　まただ。また流される、私の砂の城が——


　私は目覚めるとすぐに民宿から出て、病院へと急ぐ。女性が落下する前に。

　駐車場に遺体がないことを確認してから院内に入った私は、そのまま左手のスタッフルームに向かった。ノックもしないでドアを開けると、スタッフたちが屯している。

「どちら様ですか？　ここはスタッフルームです」

　と注意してきたのが、あの女性だった。確か名前は……東雲佐和さん。

　生きて普通に話している姿を初めて見た。目鼻立ちがきりっと整った細面の美人だけれど、割れた顔の彼女を見たばかりなので、それが目の前の女性に重なってしまう。

「患者さんのご家族の方ですか」

　無反応で立ち尽くす私が病人かを見極めるため、東雲さんは私の眼前で手をひらひらさせる。

　自殺するほど思いつめたり、人生を悲観しているようにはとても見えない。

　やっぱりこの人は誰かに殺され続けているんだ——

　と考えて、ふとあることに気がついた。

　時間のズレ。

最初の二回、東雲さんが転落死したのは六時過ぎだった。けれど前回は六時になる前、私が病院に到着したときには彼女は死んでいた。明らかに死の時間がズレている。

それなら——犯人はタイムリープしている。

私のように、同じ時間を何度も繰り返している。でないと、人々が同じことを繰り返すだけのタイムリープの中で〝時間を変えて殺す〟なんてことはできないはず。

その人はタイムリープをしながら、もう何度も東雲さんを殺している。何度も東雲さんを屋上から逆さに吊るして、確実に死ぬように頭から落としていたことになる。むしろ彼女を何度も殺すためにタイムリープをし続けているんじゃないか、とさえ思える。

そこから感じるのは、底も知れないほどの深い憎悪。

一度殺すだけじゃ足りないという。

そんなドス黒い悪意に吐き気をもよおして床に膝をつくと、〝初対面の〟安藤さんが近づいて紙コップを渡してくる。中には何やら、オレンジ色の液体が入っている。

「どうぞ。気分が落ち着きますよ」

……飲めるわけない。

もしも犯人がこの病院にいるなら、周回毎に違う行動を取る私がタイムリープをしていることはバレているはず。それなら、殺人を目論む犯人にとって、私は邪魔者だ。

犯人に睡眠薬でも飲まされたら、私はどうなるのか。

タイムリープしていない人が殺される場合は、次の周回で、その死の事実はなくなる。実際、すでに三度も死んでいる東雲さんも、今はケロッとしている。

でも私が殺される場合は、そうはいかない。

殺された記憶を持ったままタイムリープしてしまう。

六時二分になれば時間が戻って、四時三十五分の民宿の窓辺で私の体はいつも通り目覚めるだろうけれど、死の記憶は残る。体は元に戻っても、心はもう戻らない。

嫌だ。死にたくない。殺されたくない。

恐怖を押し殺して立ち上がり、深呼吸をしてから口を開く。

「私は忍鳥摩季と申します」

安藤さんが、あ、と反応を返した。

「忍鳥さんでしたか。お待ちしていました。自分が案内役を務めさせていただきます、スタッフの安藤達巳です。本日は短い間ですが、どうぞよろしくお願いします」

「あの……案内いりません。私一人で大丈夫です」

「いやいや、病室わかりませんよね」

「わかります」

「だとしても、自分もお父さんの様子を見たいので、付き添います」

私は仕方なく安藤さんと父の病室へ向かう。一階待合室を横切って、いつも通り、エレベーターに乗り込んだ。他の人は乗っていなくて、安藤さんと二人きりになった。

安藤さんはドアの前に立って、壁のように広い背中を向けている。

私は後ずさりして隅にはまり込む。密室で男性と二人きりになるなんて不用心だった。夜道で後をつけられているような圧力を感じる。これなら階段で上った方がいい。

冷や汗をかきながら三階最奥の一室に行くと、父がひび割れた口を開いた。

「久しぶりだな。私がわかるか」

私の心は壊れそうなのに、父の言葉は変わらない。そもそもその質問は何よ？　二十年ぶりに会うのに、私がわかるか、って。覚えているわけないでしょ。腹立つ。

無視すると、安藤さんと父の間で、最初のときと同じ会話が行われる。

「潮風が体に障りますよ。窓、閉めましょうか？」

「いや、今日は体の調子が良いから、開けてもらったのだ」

「そうでしたか。では開けたままにしておきますね」

「ああ」

「じゃあ、親子水入らずで」

と言って安藤さんが出て行くと、私は壁によりかかって長い息を吐き出す。

父と二人きりというのはやはり、何度会っても緊張する。ただ、父が犯人じゃないことは間違いない。管に繋がれている父が、東雲さんを殺すなんてできないから。

私はもう一度息を吐いて、スマホを見る。そうしていても、父の視線が私に向いていることはわかる。私から声をかけるつもりはない。父が事情を話すまで、いくらでも待つ。ここは安全地帯だから。不審者が来ても、ベッド脇のナースコールで人を呼べる。

父のしわがれた声が、どうした、と私に向けられる。

「摩季、怯えているようだな。この顔が怖いか。無理もないが」

父の顔のことなんて今はどうでもいい。それより、馴れ馴れしく私の名前を呼ばないで欲しい。二十年ぶりに会う娘を、呼び捨てにする神経がわからない。

苛立っていると、父は自分の枯れ枝のような腕に目を向けた。

「動かすこともままならない。この体には私も驚いた」

「……は？」

「この痩せた体に半年前に戻ったときには、浦島太郎の気分だった」

一瞬、頭の中が止まった。

浦島太郎の気分、というのは、まあ、何となくわかる。二十年近い眠りから覚めたら、老いた自分の姿を受け入れられないだろう。まさに、玉手箱を開けた浦島太郎だ。

でも、戻った、って何？

目覚めた、とか、気がついた、とかじゃなく、体に戻った？

しかも半年前？

ざわざわとしたものが胸元から頭へと上がってきた。

――久しぶりだな。私がわかるか――その、久しぶり、というのは、二十年ぶり、ということだと思っていたけれど、半年ぶり、ということだったのだろうか。

私は混乱する頭で、喉の奥から言葉を押し出す。

「私がわかるか、って、父親だってわかるか、ってことですよね？」

「違う。やはり通じていなかったか」

ぽっかり開いた私の口から、細い声が出てきた。

「待って、嘘、まさか……先生、ですか」

「ああ」


衝撃で体が固まってしまった。二十年近く前にいなくなった父が先生。ずっと一緒にいた先生が父。半年前に私の元から消えた先生は、この体に戻った、ということ?

いや!

信じられない。声もしわがれているし、骸骨に髪と目玉を載せた見た目は、格好良いスーツ姿の先生とは違いすぎる。歳だって先生は三十代くらいだった。

「本当に、あの先生なんですか。学校の先生とかじゃなくて」

「先生と呼ばれることもあったが、教師ではないな。弁護士だった」

「私たちが泊まった岩手のペンションの名前は？」

「ダイヤモンドダスト」

自分の目が見開かれていく。喉の奥から言葉が出てくる。

「なに、なんで、どういうこと。先生が、私の父親。どうして、いなくなったんですか。どうして、正体を隠して私の傍にいたんですか、二十年近くもの間……」

「ふむ。ある問題が起こり、それに対処していたのだ」

という簡単な言葉で、はぐらかされる。

「待って、ちゃんと説明してください！」

父のいない人生を送ってきた、父に捨てられたと思いながら。突然いなくなった父を嫌いながら。恐怖を感じるくらい、頭の中から存在を消してしまうくらい、もう父を嫌ってしまった。嫌い終えてしまった。でも父は私の傍にいた、私にしか見えない姿で。

先生として。

混乱する。この人をどう思えばいいの。嫌悪感の矛先をどこに向ければいいの。

「説明して。納得できるように」

「ああ。いつか話そう」

「何それ」

冷たくなった私の声に、父は首を横に振る。

「些末なことであり、過ぎたことだ。巨大なバケモノから逃げていると思ったら、実は猫の影だったという程度の話。今は私の事情より、摩季の事情だ」

「私の、事情」

「何か差し迫る問題が起きているのだろう？」

「……何でわかるんですか」

「鏡を見ろ。今にも泣き出しそうな顔をしている」

正直、心境は複雑だけれど、本当にこの人が先生なら、言わなければならない。

「私、タイムリープ現象に巻き込まれてるんです」

くぼんだ眼下からぎょろ眼を向ける父の前で、私はこれまで起こったことを説明した。六時二分になると時間が飛び、四時三十五分の民宿で目覚めること。私の他にもタイムリープしている人がいて、どうやら東雲さんを殺し続けている、ということも話す。

「犯人は私のことも殺そうとしているかもしれません」

私の悩みに、父はすぐに言葉を返した。

「その犯人は摩季にはおいそれとは手を出せないはずだ。たとえ摩季を殺したとしても、タイムリープすれば蘇るからな。摩季に顔を見られるリスクも大きい。同様に、我々がその犯人を捕まえても、時間が戻れば解放される。まさに、時間の無駄だ」

ああ、先生っぽい。この超効率的なところ、あの先生っぽい。

「それなら、どうするんですか」

「六時二分までの間に、今の私ができることは限られる。最優先でやるべきことは、摩季をタイムリープから解放すること。事件は、摩季が自由になってから解けば良い」

と言って目を閉じた父の枯れた体から、すーっと人体が浮き出てきた。

その姿に、私は思わず目を見開く。

「先生！」

父から浮き上がってきたのは、スリーピースのダークスーツを着た先生だった。黒縁眼鏡の位置を直してから、なぜかスーツを手で払って汚れを落とす仕草をしている。

本当に、先生だった。

私が飼い犬のように傍に寄ると、先生は自分の掌を眺めながら口を開いた。

「幽体はやはり手足が軽いな。生身の肉体は重くて、うまく動かせない」

「ゆ、幽体？」

「ああ。見ての通り幽体離脱だ」

「その姿は、若い頃の姿なんですか」

「摩季はまだ小さかったから覚えていないだろうが、およそ二十年前の姿だ」

だとしても、老け過ぎじゃない？

紳士的で格好いい姿から、二十年でこんなよぼよぼのおじいさんになる？　と思ったけれど、それは言わないでおく。さすがの先生でも傷ついちゃうかもしれない。

「二十年前から私はずっと幽体離脱し続けていた。むしろ、老いた自分の本当の体には馴染みがまるでない。半年前に体に戻ったときは、我が目を疑ったよ」

私はうんうんとうなずいた。やはり先生はこの姿じゃないと。

「ねぇ先生、どう思います？　このタイムリープ殺人」

先生は、ベッド上で眠る自分の体を見ながら応える。

「タイムリープ殺人と言うか、屋上からの突き落とし事件は、一般的にそれほど難しくない。タイムリープ現象さえ解除できれば、真相はすぐに明らかになるはずだ」

「そうですよね！」

「ただ、気になるのは犯人の目的だ」

「目的って、恨みある東雲さんを何度も何度も殺すことじゃないですか」

疑問すら持たなかった私の意見は、違う、と一蹴された。

「多大な労力を払って殺しても、六時二分にすべてリセットされるなら、恨みなど晴れない。何度も殺したいほど恨む、という犯罪心理はあるが、現実的ではないな」

「だ、だったら、犯人はどうして……？」

「何か理由があるはずだ。タイムリープ中にやらなければならない理由がかな」

と先生は言ってから、切れ長の目をこっちに向けてきた。

「さて、そろそろ行くとしよう」

「え、どこに？」

「院内調査だ。タイムリープの原因が院内にある可能性は高い。六時二分になる前にここに戻り、調査結果を報告する。摩季は次の周回でその情報を私に伝えてくれ」

「あ、そっか、次周回の先生に情報をつなぐんですね！　任せてください！」

先生が病室から出て行くと、私はそそと父の横に行った。

怪しい人が来たときに備えてナースコールに指を当て、亀のように室内に籠もる。抜け殻になった父の顔はやはり怖いものの、よく見ると先生の面影が残っている部分もある。高い鼻とか眉の形とか。怖いぎょろ目も瞼を閉じていれば、切れ長に見えてくる。

私は父の顔を眺めながら、先生の帰還を待つ。もう東雲さんが転落死しているかもしれないけれど、窓は見ない。先生を待つと決めた。先生なら必ず何とかしてくれる。

今までもそうだったのだから、今回もそう。だから私は情報をつなぐんだ。

六時近くになって戻ってきた先生が、くいと手招きした。

「２０９号室だ。すぐに行くぞ」

「え、あ、何か手がかりがあったんですか？」

「時間がない。急げ」

よくわからないけれど、先生の指示に従う。

もうタイムリープまで時間がない。私は先生の後について病室を出た。

頭を振って目眩を払いながら、廊下を走って階段を下りる。部屋番号プレートを見てからノックもせずに２０９号室に入ると、三人の看護師がこっちに顔を向けた。

「何ですか、あなた！」

ベッドの上では若い男性が、呼吸器の中で荒い息をしている。意識があるのか、ないのか、目を閉じたまま顔を歪めている。そして、苦しむ彼に呼応するように、私の体も熱くなって、眩暈も強くなっていく。立っていられなくなって、その場に膝をついた。

寄り添う先生の声が聞こえてくる。

「摩季、この２０９号室の男のことを次周回の私に調べさせるんだ」

わかりました、という言葉は口から出てこなかった。

男性の痙攣が止まった瞬間に、彼の死が、槍のように私の体を突き抜けた。

気絶するように意識が遠のく。


民宿の窓辺で目覚めた私は、すぐに病院に向かった。私が父の病室に行って、前周回でのことを説明すると、父は、なるほど、と応じて幽体になって調査に出ていった。

先生が報告に戻ってきたのは、五時四十五分頃。

「２０９号室の患者、名前は八尾《やお》国俊《くにとし》だ」

スーツ姿の先生はベッドで寝ている自分の体の隣に、足を組んで座る。

「五年前、体中の骨が徐々に弱っていく先天性の病が発覚した彼は、平升病院に入院し続けている。完治することはないが、しかし進行は遅く、今はまだ命の心配はない」

「で、でも彼は亡くなります、今日」

六時二分に。

彼の死を間近で見たことで確信した。その時刻に死に続けている彼が、タイムリープの原因になっていることは間違いない。彼の死に同調して、私の意識も飛んだ。

「看護師の話では、八尾はラジオネア球菌に感染している」

「ラジオネ、きゅう……？」

聞いたこともない名前。私がスマホで調べ始めると、先生が言う。

「ラジオネア球菌感染症だ。潜伏期間中は無症状で、発症後に高い熱が出る」

「ラジオ、ネア、球菌……ええと、日本じゃ珍しい細菌みたいですね。あ、でも、毒性はそんな強くなくて、命に関わるような感染症じゃないみたいですよ」

「通常ならな」

「え？」

「通常のラジオネアならば、抗生物質で完治させられる。看護師たちも今朝から抗生物質を投与していたようだが、その結果として、八尾はこの後で死ぬのだろう？」

「は、はい、前周回では亡くなりました」

「ならば、八尾が感染したラジオネアは薬剤耐性を持っている」

「薬剤、耐性」

「抗生物質などが効かなくなっている感染症だ。それでも健常者ならラジオネアで短期間のうちに劇症化することはないが、免疫力が落ちている八尾の体は耐えられない」

「何か、厄介な状況ですね……」

「厄介で危険だ。しかし何とかしなければならない。摩季がタイムリープに巻き込まれている理由は不明だが、八尾の感染症を治すことは、摩季の解放につながるはずだ」

「でもどうやって？　薬が効かないならどうしようも――あ、待ってください！」

私はネットの記事に注目する。

「薬剤耐性ラジオネアに特化した抗菌薬があるみたいですよ！」

「ああ。看護師たちもその薬について話していた。が、その薬は治験を通ったばかりの新薬で平升病院にはない。最寄りの保有病院は、本土にある慈恵会系の大崎病院だ」

「熊本県の本土……ですか」

嫌な予感がする。

「本土から取り寄せたとしても一時間半以内には届かない」

うそ、とつぶやいて私は頭を抱える。八尾さんの命が尽きて、タイムリープするまでに薬が届かない、ということ。せっかく原因がわかったのに、そんなのあんまりだ。

「何か、方法は、ないんですか」

「一つだけ、ある」

と先生は即答。私は目を見開いた。

「ほっ、本当ですか！」

さすが先生。

「それでどうするんですか」

「私が取りに行く」

へ、と口を開けた私に、先生は続ける。

「この平升病院から通常の手順で発注した場合、どうしてもインターバルが発生して六時二分までには薬を届けられない。ならば、私がそのインターバルを削るしかない」

言っていることはわかる。手続きや無駄な手間を省く、ということだ。

「でも、どうやってインターバルを削るんですか」

「交代を使う」

聞き覚えのある単語に、私は目を丸くする。

「交代って、まさか、私の体を操っていたあの〝交代〟ですか」

「ああ。私が幽体となって本土へ飛び、何人かの体を操って抗菌薬を持って平升病院に戻ってくる。それをスムーズに行えれば、インターバルなく最速で薬を届けられる」

「……く、薬を盗むってことですか？　犯罪ですよ！」

「いや、この場合は刑法第三十七条、違法性阻却事由に当たる。緊急避難だ」

「緊急避難、って聞いたことがあります」

「人命救助のためならば違法行為も罰しない、という法律だな」

「それなら、やりましょう！」

「ただ、それでも一時間半以内に薬を届けられるかどうかは賭けだな。インターバルをできるだけ削れるルートを構築しなければならない。タイムリープしていない私は毎周回、無知に戻るから、そこは摩季が経緯を説明し、情報を私につないでくれ」

「責任重大ですね」

　私は感心していた。てきぱきと解決策を立てて進んでいく先生の姿に。

　これが、私の父親なんだ。

「ずっと父親は怖い人だと思ってたんですよ、私」

「なぜだ」

「今でも覚えてるのが、私の方にゆっくりと伸びてくる父親の大きな手の記憶だったからです。頭を撫でられる感じじゃなくて……それで私は泣いちゃいました」

　先生はすぐに、あれか、と応じた。

「摩季の頭に、カメムシが留まっていたのだ」

「カメムシ……？」

「それを私がそっと手を伸ばして取ったのだが、その瞬間、カメムシは強烈な悪臭を飛散させた。その臭いが頭に付着して、摩季は泣き出したのだ」

「そ、そうだったんですか」

　カメムシめ。私は口を引きつらせた表情で、笑っていた。


　最初のタイムリープから、どれくらい時間が経ったのだろう。眠らず、食事も取らず、トイレにも行かない。ただ毎周回、勤勉なサラリーマンのように病院に通う。

　私がこれまでの経緯と緊急避難作戦について伝えると、先生はすぐに了解して、幽体離脱で病室から出ていく。そして六時二分間際に戻って、私に調査結果を報告してくれる。それを次周回の先生に話すと、うなずいて調査に出かけて行く、という繰り返し。

　先生が出稼ぎに出ている間、私は私でタイムリープから逃れるすべを探した。過去の事例を調べたり、電話で三駒警部に相談をしたり、平升島からの脱出を試みたこともある。港で漁船をチャーターして島を離れたけれど、六時二分になると民宿に戻された。

　そんなあるとき、調査から戻ってきた先生が告げた。

「ルートを構築できた」

私は両手を打つ。

「やりましたね。聞かせてください」

「ああ。しっかり覚え、次の私に伝えてくれ」

先生が幽体になって本土の大崎病院に飛び、〝交代〟によって看護師の体を操って抗菌薬のアンプルを入手。車で港のフェリーターミナルに行って、出航間際のフェリーで平升島へ。次は、漁港に停められた車の中で寝ている漁師に乗り移る。平升病院に着いたら内科医の田淵医師に更に乗り移って、八尾さんに薬を注射する、という流れだった。

作戦内容を話し終えると、先生は静かに、それから、と続けた。

「摩季にはもう一つ、伝えなければならないことがある。それはおそらく、今までの周回で私が伝えていないことで、この周回の私が確実に伝えなければならないことだ」

「何ですか、改まって」

「私の過去と、現在についてだ」


先生は壁によりかかって腕組みをした。

「私が弁護士をしていたことは知っているか」

「はい。ずっと前の周回で、先生から聞きました」

「先輩弁護士の事務所で修業した私は、三十歳のときに弁護士事務所を開いた。慌ただしくも充実した日々の中で、一つの案件が持ち込まれた。信者から詐欺まがいの方法で金を奪う韓国系宗教団体を起訴に持ち込みたい、という被害者家族たちからの依頼だ」

「宗教がらみって大変みたいですね」

「ああ。明らかな詐欺行為だとしても、宗教がらみの問題は社会的に難しい面がある。そこで私はその宗教団体を徹底的に調べることにした。そして調査の過程で知った。財務大臣を任されるほどの民自党の大物政治家が、その宗教団体と繋がっていることを」

「本当にあるんですか、そんなこと」

「綺麗な物の裏には大抵、汚物塗れの真実があり、平和の中で暮らす者たちはそんな汚物こそ見たいのだ。若き日の私もそうだった。弁護士バッジが示す〝公正と平等〟の下、政治家の腐敗を暴くことに固執した。自分の心臓をボールにサッカーをしていることにも気づかず、日韓の黒い繋がりを告発するつもりでいた。しかし、財務大臣が宗教団体を後ろ盾にして総理大臣になったところで、私は宗教団体の手の者に捕まってしまった」

「つ、捕まった？」

「遅くまで仕事をした帰り、夜道を歩いているときに車で拉致されたのだ。奴らの目的は私が持っている調査資料だったのだろう。不用になった私は韓国に連れ去られて、家族にも会えずに別人として生きることになるのか、あるいは、ただ殺されるのか」

　私なら恐怖に耐えられず、舌を噛む、かもしれない。

「摩季、超常現象を起こす者は、強い願いを持っていることが多いことは知っているな。世の理を変えてしまうほどの、執着心であったり、欲望であったりだな」

　私が無言でうなずくと、先生は続ける。

「私の願いは、死ぬわけにはいかない、というものだった。幼い娘を遺して逝くことは絶対にできない、という。あれはまるで泥沼に落ちた心持ち。手足をばたつかせて必死にもがき、ようやく沼から這い上がったと思ったら、私は体から抜け出ていた」

「それが初めての幽体離脱……」

「そんなことが私の身に起こるとは思いもしなかった。拉致した宗教団体の者たちも、意識を失った私に慌てているようだったが、そのまま車で私の体を連れ去った」

「じゃあ先生は幽体で車を追ったんですか」

「いや、追わなかった」

「え」

「体に戻れば、殺されるだけだと思った。だから、それきりだ」

「それきり、って」

「私は体を捨てた。幽体で生きることにしたのだ」

　何よ、その決断。

「まさか、そのまま、二十年？」

「そういうことだ」

「先生ってけっこう、極端なところありますよね」

「そうか？　ただ、その判断は結果的に正しかった、と私は考えている。蛻の殻になった私の体には、危害は加えられなかったようだからな。意識がないなら無害と判断されたのだろう。私の体は民自党に渡され、この平升病院で緩く監視をされていたらしい」

「監視、されてるんですか」

「自衛隊から看護官が遣わされている。安藤達巳もそうだ」

そうか、それで彼はこの島の人たちと違う雰囲気があるのか。

「……平気なんですか」

「ああ。当時、私がすべてを投げうって暴こうとしたことは、時の流れが解決した。総理となった彼が築いた派閥は度重なる不祥事で解散し、韓国系宗教団体も一昨年、解体された。私に対する監視も今や形だけ。安藤は理由も知らされていないかもしれない」

私は目を見開く。

「だったら、先生はいつでも自分の体に戻れたってことですか」

「一昨年からは、私は自由の身だったことになる。しかし、これでいいのだ」

その無神経な言葉に、私の頭がカッと熱くなる。

「何でですか！　自分の体に戻った方がいいに決まってます！」

「正解がわかっていても、辿り着けないこともある。私がアクセルを踏んだ車が走っていたのは、環状線だった。体に戻ったところで、もはや弁護士としては機能できず、緩い監視の下で死んでいくだけだったろう。……摩季とともに、様々な事件に臨むこともできなかった」

「それは、そうかもしれませんけど」

「この二十年、楽しかった」

納得、できない。

「私だって、楽しかったですよ。でも、それならどうして……半年前に、私の前から消えちゃったんですか。先生の存在を隠さなきゃいけない相手はもういなかったのに」

先生はゆっくりとうなずいてから、口を開いた。

「あれは、私の意志ではない。体に引き戻されたのだ」

「引き、戻……？」

先生は、ベッドに横たわる老人のような自分の体を指す。

「見てわかると思うが、この体は限界を迎えている。危機に瀕した肉体が、強制的に幽体を引き戻したのだろう。私は現在、幽体離脱をしたら命が尽きる状態にある」

「待って、どういうことですか」

「私は、一度幽体離脱をすると死ぬのだ」

頭の中が真っ白になった。

「な、な……」

言葉がうまく出てこない。

「私も半年前に自分の体に戻って知ったのだが、幽体離脱をしている間、体は猛スピードで老いていくようだ。抵抗力も失い、病魔に蝕まれる。私は五十代だが老人のような姿だろう。二十年近くも幽体離脱をしていたことで、私の体はすでにボロボロなのだ」

ちょっと待って。だけど——

「今までのタイムリープ周回で、先生は何度も幽体離脱をしてます」

「だから今までの周回で摩季が会ってきた私は、それぞれ死を迎えているはずだ」

「えっ？」

「摩季自身は六時二分時点でタイムリープをするから、その死を見ていないだけだ。幽体離脱をしている今の私も、摩季がタイムリープした後で死ぬだろう」

六時二分時点でタイムリープをしてしまう私は、次の周回で再び〝生きている父〟に会う。だから前周回の父がその後どうなったかなんて、考えもしなかった。

だいたい、父は二つ返事で、何でもないことのように幽体離脱をしていた。

「死ぬとわかっていて、どうして幽体離脱なんて……それに八尾さんの抗菌薬を取りに行くのだって、幽体離脱をしないといけません」

「今の私が父として娘にできることは、それしかない」

私は口を両手で押さえた。涙がこみ上げてくる。父は私をタイムリープから解放するために死に続けるのか。そして私は、父を使い捨てにしてきたことになる。

「今までは何もできなかったからな」

という先生の言葉に、私は首をぶんぶんと振る。

「そんなことない。先生はずっと傍にいてくれた。私を導いて、くれた……」

「まあ、気にするな。この枯れ果てた体は、どうせ放っておいても長くない。この何もない島の狭い病室でただ朽ちていくより、最後に娘を救うために使わせてくれ」

「そんなこと、言われても、私……」

アクセルを踏め！　と先生は声を張って私を見据えた。

「タイムリープの環状線から抜け出せ！　ただ一つの現実に戻れ！」

強い言葉に打たれ、顎が震えて声が出てこなかった。

そこで六時二分になって、先生と父の姿が遠くなっていった。

待って、私は、まだ……


何度も繰り返したタイムリープ周回の中で、最悪の目覚めだった。

窓辺の長椅子で目を開けた瞬間から、涙が溢れ出てきた。

民宿から飛び出た私は、黄昏の中、病院へ走った。スタッフルームにも行かないで、エレベーターに駆け込み、3のボタンを連打する。三階に着くと、急ぎ父の病室へ。

父はいつも通りそこにいて、枯れた腕を支えにして上半身を起こした。

「久しぶりだな。どうした、そんなに急いで」

「お父さん！」

枯れ枝のようなその手を握ると、父は訝しげな目を向ける。

「泣いているのか。何があった」

この父は、何も知らない。

前周回の父が何を言ったかなんて知るよしもない。先生の過去と現在を伝えたあの父はもういない。ここにいる父は、私がタイムリープしていることさえ知らない。

私は父の手を離し、うつむいた。何分も、何十分も。

タイムリープ現象の要になっている八尾さんを感染症から救助するためには、父の幽体離脱が必要になる。けれど父の体は一度幽体離脱をしたら、死を迎えてしまう。仮に父の幽体離脱に頼らずに八尾さんを救助できても、病で長くはないと言っていた。

ただ、このままなら……

タイムリープしながら父と生きられる、歳も取らず、永遠に。

これまでの経緯を伝えなければ、それができる。タイムリープを解いて父が死ぬより、一時間半でリセットされる世界で父と永遠に生きる。

そう、父に何も伝えなければいい……

私は顔を手で覆った。

伝えなければ、今までの父は無駄死にだ。

タイムリープ周回で幽体離脱してきた父は、私の〝戯れ言〟に付き合って、私に使い捨てられたことになってしまう。父は初めから私が語る言葉を一度たりとも疑うことなく、ただ一心に私がタイムリープから解放されることを願って、行動してくれたのに。

私は顔を上げて、窓辺に立った。黄昏刻は、夜に移ろいゆく。

外を見ながら、ねぇ、と父に言葉をかけた。

「目覚めてから、お母さんには会った？」

ため口で聞く、気恥ずかしいけれど、普通の父と子のように。

「ああ。摩衣《まい》は平升島まですでに何度も来てくれている。私は幽体で彼女を見ていたが、肉体で会うのは二十年ぶりのことだ。もちろん、私は平謝りするばかりだが」

「全然、知らなかった」

「知らなくていい。摩季にはとても見せられない姿だから、私が口止めしたんだ。摩衣の方は、今の私の状態を摩季に知らせるタイミングを考えていたようだったが」

「その結果が、あの父危篤の手紙……？」

「ああ。摩衣が病院スタッフに頼んで、書いてもらったのだろうな」

危篤の手紙でもないと、父を嫌う私は平升島には行かないと思ったからか。

さすがお母さん、私を操る術を知っている。

「お母さんとはどうやって出会ったの？」

「そんなことは摩衣に聞け」

「お父さんから聞きたいの」

ねだると、ふむ、と聞こえてきた。

「わかると思うが、私は小さい頃から、人の本音や隠し事を探ろうとする癖があった。過度の懐疑主義者に友人ができるはずもなく、誰も寄りつかない子供だった。親にさえ疎んじられるような。そんな私に嫌な顔せず一緒にいてくれたのが、幼なじみの摩衣だ」

「幼なじみだったんだ」

二人が一緒にいる姿を、想像できない。

「これもわかっていると思うが、私と同じく弁護士になった摩衣は聡明で、何より裏表がない。語る言葉はすべて本音で、隠し事をすることもない彼女は、弁護士としては致命的で、そんなところがとても美しい。私が信用できる、私にはもったいない女性だ」

「プロポーズはお父さんから……？」

「無論だ。高校を卒業した日に、結婚してくれないか、と言った。私は人から好かれない質だが、彼女は人に好かれる質だから、誰よりも早く言わなければならなかった」

「お母さんは、何て返したの？」

「苦笑して、急ぎすぎ、と言っていた。もっとゆっくりいこう、と」

私は涙に濡れた顔を父に向けて、微笑んだ。

「お母さんがそう言ってくれてよかったね、お父さん」

父も、ひび割れた唇の端を上げた。

「ああ。摩衣がそう言ってくれたから、摩季に会えたのだ」

はい、と私はうなずいた。

「今までずっと傍にいてくれて、ありがとうございます、先生」

そこで目眩が始まって体が熱くなったけれど、私の心は一切動じなかった。

――ただ一つの現実に戻れ！

前周回の父は、私なら乗り越えられると思ったから、事前に伝えたのだ。私が真実を知らずに、父が幽体離脱で死んだら、私の人生に重責の念として残ってしまうから。

だから事前に伝えて、乗り越えてから前に進め、と。

今はもういない前周回の父が、私のために伝えてくれた真実。今まで私のために行動してくれた父もきっと同じ気持ちだろうし、今目の前にいる父も同じ状況なら同じことを言う。タイムリープをしていない人が同じことを繰り返すことを、私は知っている。

私が前に進まなければ、彼らすべての想いが無駄になってしまう。

ただ一つの現実に、未来に、踏み出さなければならない。

この壊れた時の流れを、壊せ。

*

黄昏刻の窓辺で目覚める、静かな〝朝〟。

作戦開始だ。

とにかく急ぎ、先生の幽体が本土に行って帰る時間を稼ぐ必要がある。民宿を出て、走って病院へ。受付で名前を出して、やってきた安藤さんを急かして三階へ昇る。

「安藤さん、お父さんと二人にしてください。親子水入らずに」

そうして一人で病室に入った私は、お父さんの上半身を起こしながら早口でこれまでのタイムリープ現象を伝えた。その最後、私は意を決してお父さんの目を見て言う。

「お父さんの体はすでに限界を迎えていて、あと一回幽体離脱したら、命が尽きます。だけど……私は前へ進みたい。タイムリープから解放されたいんです」

無言のお父さんに、私は頼む。

「先生の幽体離脱で、このタイムリープを止めてください」

するとお父さんは一つうなずいた。枯れ枝のような腕を上げて、こっちに向ける。骨だけなのに重そうな腕を震わせながら、一心に私の方に伸ばしてくる。

「摩季、頭を、ここに」

私が近づいてしゃがむと、頭の上に手が載った。

頭をわしづかみにされるのではなく、頭に載ったカメムシを取るのでもなく、ただ撫でられる。

幼い子供をあやすように、頭の形に沿ってゆっくり撫でられる。

「よく決断したな」

言って微笑み、お父さんは幽体離脱をした。

私は強く瞼を閉じた後、開いた目の中に格好いい先生の姿を焼き付けた。この先生も、前周回の先生も、前々周回の先生も、たった一人の私のお父さんなのだ。

病室から抜け出た先生を見送ると、私も病室を出る。

へこんでいる時間はない。

室外で待機していた安藤さんとともに一階に戻って、ノックをしてスタッフルームに入る。休憩を終えて仕事に出ようとしていた東雲さんに、あの、と声をかけた。

「少しお話できませんか、東雲佐和さん」

フルネームを出したことで、彼女は、え？　と目をしばたたいた。

「どうして私の名前がわかったんですか。ネームプレートには名字しかないのに」

「私は昔から少し変わったところがありまして、集中するといろいろなものが見えてきたりするんです。人が何を考えているのかとか、今日はどこで何が起こりそうとか」

「あなた、島外の人ですよね。占い師か何かですか？」

「はい。この病院に入ったときに、不吉なイメージが頭に流れ込んできたんです」

タイムリープを破るこの周回で東雲さんが死んでしまっては意味がない、ということで先生から、嘘をついてでも彼女を守るよう指示されていた。それでも犯人に狙われる可能性はあるけれど、筋骨隆々の安藤さんもいるので容易には手を出せないはず。

「不吉な、イメージ？」

「あなたが殺される、死のイメージです」

真剣に言うと、東雲さんはぷっと吹き出す。安藤さんも首をかしげている。

「私が、殺される？　まさか。いつ殺されるんですか、私」

「これから一時間半以内に殺されます。今日はこの後、誰かと会いますか？」

「誰かって、これから病室の見回りをするので、いろいろな患者さんたちに会いますよ。その後の、重病人の診療方針を決める会議でも医師や看護師たちと会います」

「屋上には行きますか」

「干した洗濯物を取り込みに屋上に行きますけど」

そのときに犯人に突き落とされたのか。ただ、屋上に行かなかったとしても、どこかで犯人に殺されるかもしれない。彼女を守るには、ずっと一緒にいるしかない。

「東雲さん、今から私と一緒にいてください」

「え、仕事をさぼれってことですか」

仕事を引き合いに出されると弱い、けれど引くわけにはいかない。ここで東雲さんを信用させられないと、作戦が粉々に砕けてしまう。一世一代のはったりだ。

「ただならぬ凶兆を感じるんです！　ああ、見えます、何者かに屋上から突き落とされるあなたの姿が。お願いします！　あなたの命を守るためなんです！」

東雲さんは肩をすくめた。

「そこまで言うなら、わかりました。同行します」

私は胸をなでおろした。よかった、東雲さんが占いを信じるタイプで。

「それで、私は何をすればいいんですか」

「待つんです、六時二分を」

東雲さんと安藤さんは顔を見合わせて首をかしげた。


時計を見ると、五時四十五分。

私たち三人は、病院入り口の待合室に屯していた。頭の中を巡るのは、今までの先生との思い出や、先生と解いた事件、タイムリープ中に先生にかけられた言葉。何かを思い出して、それが消える度に、タイムリープを破ろうとする私の意志が削られていく。

けれど、やる。もう決めたんだ。

と決意を新たにしたときに、車が門から入ってきた。

入り口で停まった車から、白いタンクトップ姿で頭の薄いおじさんが出てくる。

「薬は手に入れた。２０９号室へ向かう」

先生だ。

おじさんが走り出すと、東雲さんが首をかしげながら私に声をかけてくる。

「今のって漁師の岩田さんですよね。忍鳥さん、知り合いなんですか？」

「いえ……知りません」

私たちは、待合室を横切る岩田さんの後について院内に入る。この後は、内科医の田淵医師に先生が乗り移って八尾さんに抗菌薬を打てば、彼の命を助けられ——

廊下を進んでいる途中で、突然、岩田さんの体がふらりと揺れた。

彼は壁に手をついて、そのまま溶けるように床に崩れていく。

「大丈夫ですかっ」

と安藤さんが駆け寄って手を貸したけれど、岩田さんは私に手を伸ばした。

「薬を……頼む！」

先生と岩田さんの声が、二重になって聞こえた。

交代の限界なんだ。私はうなずいて袋を受け取る。その中には、抗菌薬らしき液体の入ったアンプルと注射器、使用指示書が入っている。アンプル表面から薬品名が記されているはずのラベルが剥がされているけれど、先生が間違えるわけないので大丈夫だ。

先生が命を賭けて手に入れたこれを、私が八尾さんにつなぐ。

私は階段を駆け上がって、前の周回で先生と一緒に行った２０９号室へと急ぐ。室内に入ると、前のときと同じように三人の看護師がこっちに顔を向けた。

「何ですか、あなた！」

八尾さんが死にかけている原因がわからない様子の看護師たちに、私は伝える。

「八尾さんが感染しているラジオネア球菌には、薬剤耐性があります！」

「え、薬剤耐性ですって？」

「はい、今使っている抗生物質は効きません。これを打ってください。新薬です」

看護師たちは視線を左右させている。ただ、

「た、確かに抗生物質は効いてないですけど、勝手に新薬なんて打てません」

「内科医の診断がないと無理です！」

「診断があっても、こんな不確かな薬は打てませんから！」

と看護師は拒否する。それはそう。だから先生もその時間を省略するために、田淵医師の体と交代しようとしたのだ。こうしている間にもタイムリープが近づいている。

失敗か。

タイムリープをして、もう一度同じことを繰り返すことはできる。何度も何度もタイムリープすれば、成功率を高めることはできる。そしていつか必ず成し遂げられる。

……ただ、私の意志がくじけてしまう。

お父さんに、もう一度頭を撫でられたら、もう二度と立ち上がれなくなる。

「お、お願いします。もう時間がありません。ある人の思いが、この薬に乗っているんです。これを届けるために、その人は命を賭けたんです。どうか、使ってください」

「し、しかし……とにかく田淵先生を呼んでますから」

その到着を待っていたら、八尾さんは死んでしまう。

そこで東雲さんが、私が持っている薬の袋を、さっと取った。

「わかりました。私が打ちます」

東雲さんは袋から取り出した使用指示書を確認しながら、淡々と言う。

「この薬に賭けてみます。どのみち、国俊がこんな状態ではもう何分も持ちません。……筋肉注射ですね。注射器にもアンプルにも破損はなさそうです」

看護師たちが慌てている。

「待って東雲さん！　は、犯罪ですよ！」

「ええ、だから私の独断でやることにします。彼の恋人である私がやれば、万一、見逃してもらえるかもしれません。もしも国俊が亡くなったとしても私の責任です」

東雲さんの告白に、私は目を丸くしていた。

「え、恋人……？」

それなら、タイムリープを起こしている八尾さんの彼女が、殺され続けていたことになる。それが何かを意味しているのか、何も意味していないのか、今はわからない。

東雲さんは室内を見回して口を開いた。

「国俊のために、ありがとうございます。念のために皆さんは外へ出て、頃合いを見て入ってきてください。誰もいないときに、私が独断で薬を打ったことにしましょう」

今まで東雲さんに対して、何度も転落死し続ける人、というイメージしかなかったけれど、彼女は冷静で強い人だ。その覚悟ある言葉に押され、私たちは病室から出る。

大丈夫だ。先生が立てた作戦。先生が持ってきた薬で、八尾さんは必ず完治する。八尾さんが死ぬことはないから、つまり、東雲さんが重責を負うこともない。

大丈夫、と唱えながら、私は廊下にある時計の針を目で追う。

時間は刻々と過ぎていく。五時五十九分、六時、一分、二分……

目眩はない。体も熱くない。タイムリープは——起こらない。

針が動いて、六時三分になる。四分、五分……

私はノックをしてから、確信を持って入室する。

「東雲さん、どうですか！」

「忍鳥さんのお薬、効いているように見えますね」

八尾さんの息はまだ荒い、けれど、効いているに決まっている。タイムリープが起きていないのだから、間違いなく助かっている。呼吸も少しずつ落ち着いていくはず。

「まだ予断を許さない状況ですが、忍鳥さん、ひとまずありがとうです」

「いえ、私はできることをしただけです」

やってきた田淵医師に一礼した私は、病室を出て三階へ。

お父さんの元に向かった。


ドアノブを握る前から私の手は震えていた。重いドアを開けて、中に入る。

ベッド上に横たわるその姿を見て、すぐにわかった。

死んでいる、お父さんが。先生が。

ふらついた足取りでベッドに寄って、あばらの浮いた胸に手を当てても、鼓動を感じない。顔にかかっている白い髪を指でどけて、停止した口に手を当てた。息がない。

膝の力が抜けて、崩れる。

わかっていたこと。泣かない。もう泣いた。お別れもした。と思っていたのに涙が止めどなくこぼれる。八尾さんが助かった陰で、私のお父さんは息を引き取った。

カメムシを取ってくれた大きな手を、頭を撫でてくれた大きな手を、両手で握る。枯れたその肌に、私の目からぽつりぽつりと落ちる雫が、雨のように浸透していく。

忍鳥さん、といつの間にか隣にいた安藤さんが静かに言った。

「残念です。今日、亡くなられるなんて……」

「私のせいです。お父さんは、私を助けるために、命を懸けてくれたんです」

「忍鳥さんを、助けるために？」

「私が巻き込まれていたことを、体を張って、解決してくれました」

「そう、ですか……格好いいじゃないですか」

「はい。お父さんと話して、わだかまりが解けました、あなたの言った通り」

「自分、ですか」

「安藤さんが、お父さんと話した方がいい、と諭してくれたんです」

今の安藤さんが覚えているはずもない、ずっと前の周回の安藤さんが言った通り、お父さんはいろいろな思いを話してくれた。すべてが私の誤解だと知ることができた。

紳士的で、不器用だった肉親の遺体に、私は心の中で伝える。

後は任せてください。私が必ず、真相を明かします。

看護師に呼ばれて入った会議室にいるのは、田淵医師と若い医師、そして看護師長らしき年配女性と看護師が三人。彼ら一同が立ち上がって、頭を下げた。

田淵医師が代表して口を開く。

「お父さんのこと、ご愁傷様です。そして八尾さんを救っていただき、ありがとうございます。あなたがくださったお薬のおかげで、彼は一命を取り留めました」

「お礼は東雲さんに言ってください。私一人ではどうしようもありませんでした」

東雲さんはこの場にいない。八尾さんに付いているのか。

「それで、八尾さんは目覚めたんですか」

と尋ねると、彼は首を左右させる。

「いえ、そもそも八尾さんは三日に一回くらいしか目覚めないので」

八尾さんが起こしたタイムリープ現象については――どうして私や犯人がタイムリープすることになったのかについては、八尾さんが話せるときに聞くしかないか。

もう一人の若い医師が口を開いた。

「八尾さんが患ったラジオネア球菌には、どうやら薬剤耐性がありそうです。普通、感染症が薬剤耐性化しているかを治療開始時点から見極めることは難しく、我々も抗生物質を試している段階でした。あなたはどうして薬剤耐性があるとわかったんですか」

当然の尋問。言い訳のしようもないので、正直に答える。

「漁師の岩田さんという方に託されたんです。薬を２０９号室に持って行け、と。その剣幕に押されて病室に行くと、患者さんが苦しんでいたので、薬を渡しました」

少なくとも嘘は言っていない。

困惑した表情を作った私は、若い医師に尋ねてみる。

「岩田さんには話を聞きましたか？」

「はい。ですが彼は、何かに体を操られていた、と意味不明の発言を繰り返すばかり。薬をどこで手に入れたのかもわからない、と。酔っているのか要領を得ません」

「そうですか。じゃあ何だったんでしょうね」

「具体的には、岩田さんは何と言ってあなたに託したんですか」

「薬は手に入れた。２０９号室へ向かう。そう言った後で倒れて、薬を頼む、と」

おかしいですね、と医師は言った。

「それでどうしてあなたは細菌性の感染症だとわかったんですか。しかも薬剤耐性がある菌だと。病室に入るなり、あなたはそう告げたと看護師たちから伺っていますが」

「そ、それは……」

「薬剤耐性を持つラジオネアなんて、外出をしていない入院患者が感染する菌じゃありません。考えられるとすれば院内パンデミックですが、八尾さんの他に感染者は出ていなかった。彼がそんなものに感染した原因を突き止めておかないといけないでしょう」

そこで、まあまあ、と田淵医師が入る。

「八尾さんが助かったんだから、良いじゃないですか。すべては〝アマビエ〟のご加護でしょう。

何にしても、忍鳥さん、本当にありがとうございます」

アマビエというのは、人魚のような姿をしているともされる疫病封じの妖怪だ。漁港に看板があったことからも、この島ではアマビエを奉っているのかもしれない。

会議室から出た私は、その足で階段を上がって、塔屋から屋上へ。

タイムリープを破った現時点で、東雲さんは殺されていない。私自身は彼女の死を何度も何度も見てきたけれど、このただ一つの現実において殺人事件は起きていない。

私は――私しか知らない殺人事件の真相を暴かなければならない。

犯人を見つけないと、東雲さんがまた殺される。

事件は起きていないので当然、犯行の痕跡は存在しない。ただ、ここから突き落とすつもりだったなら、何らかの仕掛けが隠されているかもしれないし、事前に実験をした跡が残されているかもしれない。それを見つけても、犯行の証拠にはならないけれど。

私は屋上を歩いて、張り巡らされているフェンスを見て回る。

高さは二メートル近くはありそうか。四十五キロ前後はあると思われる東雲さんの体をこの上まで持ち上げるには、いったいどうすればいいのだろう。

下階にある台などを屋上に持ち込むのも、看護師たちが行きかう院内ではリスクが高いし、タイムリープ中、東雲さんの死後に屋上に上がったときは、台など置かれていなかった。犯人は、すぐに片づけられる屋上にある物だけを使った、ということになる。

ベンチは固定されているので動かせない。となると、あれだ。

三本の、長い物干し竿。三メートルくらいはあるか。これを使って東雲さんの体をフェンス越えさせたに違いない。私は思いついた仕掛けを、手帳に書き込む。

フェンスの上に、物干し竿を三つ立てかけて〝レール〟を作る。その状態だと物干し竿が床面を滑ってズレてしまうので、端をベンチに引っかけて物干し竿を固定する。そうして作ったレールに東雲さんを乗せて、ロープで引っ張ってレールを上らせる。

ただ人体なんて重い物を乗せたら、物干し竿はぽっきりと折れる。

私は三つの物干し竿を念入りに調べる。フェンスやベンチなどで擦れた跡はない。犯人は事前に実験をしていないのか。行き当たりばったりでできることじゃないのに。

準備もせずに、人体を屋上から落とすなんてことはできないはず。

それに、東雲さんは逆さまに落ちてきていた。悲鳴を上げながら落ちてきたときもあった。意識があったならどうして、東雲さんは声をあげて助けを求めなかったのか。

私は頭を抱える。わからない。

屋上から人を落とす事件は、一般的に難しくはない。それは痕跡がいくつも残されていることが多いから。ただ、犯行前の今、痕跡は一つもない。下準備の痕跡もない。

先生ならどう考えるんだろう。先生の血を引いている私なら、わかるはず。

先生はかつて言っていた。

「摩季、超常現象を利用したとしても、不可能を可能にすることはできない。大事なのは何が不可能かを見極めることだ。そうすればシンプルな仕掛けが見えてくる」

「摩季、すべてを疑うんだ。足下からすべて」

「摩季、この犯行に見えないものはない。ただ見ようとしていないだけだ。視界に入らなければ、黄金も石ころと変わらない。転がっている物が黄金かどうかを見定めろ」

私は手帳を出した。状況整理だ。

まず思い出すのは、東雲さんと目が合ったこと。

彼女は気絶させられずに、意識がある状態で突き落とされていたんだ。

そして東雲さんが屋上から落ちてきたのはタイムリープ間際だったので、六時一分くらい。二回目もほぼ同時刻だったので、私はタイムリープの原因が東雲さんの死に関係していると考えた。けれど三回目の転落死は六時前、おそらく五時四十分辺りだった。

東雲さんの転落死の時刻は、早いときもあればタイムリープ間際ギリギリのときもあった。法則性がないのは、突き落としている犯人が、タイムリープをしているから。

ただ屋上には、大がかりな仕掛けの下準備をした痕跡はなかった。

この条件下で不可能だったこととは何だろう。

「そもそも、屋上から突き落とせるの……？」

と声に出して、すべてを足元から疑ってみる。屋上からの突き落とし自体が不可能だったのなら、犯行はいったいどうやって行われたのか。足元から疑うなら……

そうだ、すべてを疑うなら、おかしいことがある。東雲さんの転落死、特にその最初の二回だ。

あのとき屋上で何が起きていたのか、あの時点では気づかなかった。

けれど今から考えると、明らかにおかしい。

「まさかタイムリープしているのは……」

私はいったい何を見ようとしていなかったのか。タイムリープを繰り返す中で、自分で自分に暗示をかけていたのかもしれない。黄金はずっと目の前にあった。

先生のように指を鳴らす。パチン、と静かな音が鳴った。

私はノックをしてから２０９号室に入った。

中には、眠っている八尾国俊さんと、その看病をする東雲佐和さんがいる。点滴の薬液を替えようとしていた彼女は、手を止めて振り返り、あ、と声を出した。

「忍鳥さん。国俊はもうすっかり呼吸が落ち着いています。あなたのおかげです」

「私のおかげ、だったんですかね……私にはわかりません」

「実際にアンプルを持っていたのは岩田さんですけど、忍鳥さんも事情を知っているようでした。何か示し合わせていたことがあるとしても、私は気にしません」

「看護師としては、そこは追及すべきじゃ？」

「それなら私、看護師失格です。国俊さえ助かれば、私はそれでいいんです」

「お二人は付き合っていたんですよね？」

「正しくは、付き合っている、ですよ。先週、この病室で結婚を誓い合いました」

「それにしては、八尾さんをほったらかしにしていましたよね」

「……どういう意味ですか」

「八尾さんはラジオネア球菌に感染して苦しんでいたのに、あなたはスタッフルームでくつろいでいました。その後も、病室の見回りをして、会議に出て、屋上で洗濯物を取り込む予定だったんですよね。その間に八尾さんは亡くなるかもしれない状況なのに」

実際に、八尾さんは六時二分に亡くなり続けていた。

「それが仕事ですから」

と応じた東雲さんを、私は見据えて告げる。

「あなた、だったんですね」

「ん？」

「タイムリープをしていたのは」

すーっと目を細くした東雲さんに、私は更に言った。

「私はずっと勘違いしていました。タイムリープを利用してあなたを屋上から突き落とし続けている犯人がいるんじゃないかって、自分でかけた暗示に囚われていました」

話しながら、私は手帳を開いてメモを見る。

その①、東雲さんはタイムリープ中、意識ある状態で転落死していた。

その②、東雲さんの転落時刻はまばら。

その③、屋上に犯人が下準備をした痕跡はなかった。

犯人がこれらの条件をすべて満たした上で、東雲さんを屋上から突き落とすなんてことは、不可能。超常現象を利用したとしても、不可能を可能にすることはできない。

つまり――

「あなたは誰にも突き落とされていない。あの転落死は、あなたの自殺なんです」

突き落とし事件は一般的にそれほど難しくない。ただ、確かな自殺の証拠を見つけることは難しい。直筆の遺書がある場合でも、警察はまず自殺を偽装した他殺を疑う。

けれど他殺が不可能なら、自殺だ。

「あなたはタイムリープをしながら、何度も何度も、自殺をし続けていたんです」

「……あら、まあ」

「そもそも、おかしかったんです。タイムリープの最初の二回、あなたはタイムリープの間際になって屋上から転落していました。初めから六時二分にタイムリープすることを知っていたから、そのぎりぎりに飛び降りるなんてことができた、ということです」

思い至ってみれば、不自然すぎる二回の飛び降り。あれがすべての答えだった。

東雲さんが静かに、そうだとして、と言う。

「自殺は、悪いことですか」

あっさり認めた。

ただ、これはあまりよくない流れになりそうだ。

「良いか悪いかで言うなら、悪いことだとは思います。ただし——」

法律的には、自殺によって刑事罰が下されることはない。自殺者を捕らえることはできないし、タイムリープでその自殺の事実自体もなくなってしまった。

「自殺は罪じゃありません」

「ですよね」

罪じゃないとわかっているから、あっさりと認めたのだ。

でも、と私は言った。逃がさない。

「八尾さんにラジオネア球菌を感染させたのは、間違いなく罪です」

会議室で医師も言っていたけれど、薬剤耐性を持つラジオネアなんて入院患者が感染する菌じゃない。看護師の東雲さんが調達して、平升病院に持ち込んだに違いない。

待ってください、と東雲さん。

「私が国俊にラジオネアを感染させたって言うんですか？」

「はい。だから警察に行きましょう」

「どうして私が国俊を殺すんですか。私たち付き合ってるんですよ」

「でも、ほったらかしにしていたじゃないですか」

「あれは、やることがあったから、仕方なく」

「死に瀕した恋人をほったらかして、やること？　それが、自殺ですか」

タイムリープを利用した連続無理心中がしたかったのだろうか？

「どうでもいいでしょ。あなたには、関係ありません」

その言い様にはさすがに頭に来た。

「関係あります！　私だってタイムリープしてたんです！」

「だったら、私が国俊を感染させた証拠は？　それがないなら、私は認めません」

証拠。そうだ、失念していた。警察や探偵のように証拠を叩きつけないと、罪を認めさせられない。そんなの一介の超常現象調査士にとっては、過ぎた労働なのに。

急に体中から汗が噴き出してきた。

「どうしたんですか。証拠もなしに、警察に行くなんて言ったんですか」

「い、いや、あの……」

室内を見まわして、ふと、目についた物があった。私は東雲さんが手にしている薬液のパックを指す。彼女はそれを八尾さんの点滴に取り付けようとしていた。

「それは毒薬なんじゃないですか？　ラジオネアでは八尾さんを殺せなかったあなたは、今度は別の毒薬を使って息の根を止めるつもりだったんです」

「いや、これ、ただの生理食塩水ですよ」

「そ、そんなはずありません！」

すると、東雲さんはパックから伸びるチューブの栓を外して、液体を口に含む。

「うえぇ、まっず」

何たる失策。私は顔に手を当てる。

落とせない。犯人に違いないのに落とせない。私には無理だったんだ。そもそも証拠なんてあるとは思えない。自分が巻き込まれたのに、全然、先生みたいにできない。

暗い気持ちに沈んでいると、どこからともなく声が聞こえてきた。

「二つの抗菌薬だ」

重低音の声だった。辺りを見回しても、ダークスーツの姿はどこにもない。

でも、これはヒント。証拠を明かすためのヒントだ。

私は病室内をうろうろしながら考える。

二つの抗菌薬。先生から渡された薬は一つだった。もう一つあったなら、漁師の岩田さんが病院に渡すだろうけれど、さっきの会議で医師たちは何も言っていなかった。

抗菌薬がもう一つあったとすれば、持っていたのは犯人。

八尾さんにラジオネアを感染させるとき、誤って自分も感染してしまうかもしれない。それに備えて自分用の薬を用意しておく、というのは常套手段。もし東雲さんが、薬剤耐性ラジオネア球菌の新薬なんて物を事前に用意していたなら、確かな証拠になる。

と考えていて、ふと気になったことがある。

「そう言えば東雲さん、八尾さんに使ったアンプルは、その後どうしたんですか」

何気ない質問。なのに、彼女の顔色が明らかに曇る。

その反応に首をかしげた私は、更に言った。

「岩田さんから私が受け取った抗菌薬です。あれは、本土の大崎病院から拝借してきた物なんですけど、事情を説明して空のアンプルを返しておきたいので」

「医師に、渡しました」

「どの医師ですか。田淵医師?」

「いえ、あの……」

動揺している?

私は間髪入れずに押してみる。

「もしかして、医師に渡してないんじゃないですか?」

「わ、渡しました」

「それなら今、持ち物検査をさせてください」

対して彼女は顔をうつむけ、何も言わない。

「持ち物検査しますよ、東雲さん！」

と声を張ると、彼女は観念したようにポケットから袋を出す。

中には空のアンプルが入っている。それは、見覚えのないアンプルだった。

「それ……大崎病院の抗菌薬アンプルじゃないです！」

だとしたら何の薬なのか。

決まっている、東雲さん自身が持っていた抗菌薬だ。

「何で？」

と私はつぶやいた。

東雲さんは、私や看護師たちを人払いして一人きりになった病室で、先生の抗菌薬じゃなくて、わざわざ自分が用意していた抗菌薬を使った、ということ。

先生の抗菌薬をそのまま使えばよかったのに、どうして自分の薬を使ったのか。

それは東雲さんの犯行を示す、言い逃れできない証拠なのに。

彼女は顔に手を当て、使えなかった、と言った。

「岩田さんが持ってきた薬は、使えません、ラベルがなかったから」

「ラベル……」

岩田さん（先生）に渡された薬は、薬品名が記されたラベルが剥がされていた。

「袋から出したアンプルにラベルがなかったので、正しい薬かわからなかったんです。それで私は病室から人払いをして、私が持っていた抗菌薬を国俊に使いました」

そうか、そういうことか。

私は、この事件の中に編み込まれていた先生の奸計に気がついた。

やられた。私も、犯人も、ハメられた、先生に。

事の初めに、私はベッド上にいるお父さんに、タイムリープ現象に巻き込まれていることを説明した。そのとき、東雲さんが最初の二回、タイムリープ間際ぎりぎりに転落死していた事実を伝えた。その時点で先生は一つの可能性に思い至っていたのだろう。

東雲さんの自殺、という。

タイムリープ時刻まで熟知している彼女が、八尾さんを感染死させている張本人に違いないと先生は考えた。それなら当然、彼女は抗菌薬を用意しているはずだと。

「もしかして、わざと、ですか」

と東雲さんが苦い顔で問いかけてきた。

「わざとラベルを剥がして、私が、自分の抗菌薬を使うかどうか試したんですか」

わざとだ、どう考えても。

先生がそうしなかったら、私は証拠を出せなかったかもしれない。

あるいは、東雲さんが言い逃れできる状況になってしまったかもしれない。

だから先生は先を読み、わざとラベルを剝がして、〝証拠を作った〟。

頭を抱える東雲さんに、私は、でも、と言った。

「八尾さんが憎かったなら、自分の薬を使わなければよかったんじゃないですか」

もちろんそうしても、タイムリープが続くだけだけれど。

私の指摘に、東雲さんは首を横に振る。

「憎くて殺すつもりなら治療手段のある薬剤耐性菌なんて使いませんし、抗菌薬を肌身離さず持ってたりしません。あれは、いつでも国俊を治せるように持ってたんです」

「意味がわかりません。だったらどうして八尾さんにラジオネアを感染させたんですか。どうしてタイムリープしながら何度も自殺し続けたりしたんですか」

その問いに答えたのは、聞き慣れない男性の声だった。

「天国があるかどうか、知りたかったんです」

いつの間にか、ベッドで横たわる八尾さんの目が開いている。

突拍子もない彼の言葉に、私は眉を寄せた。

「て、天国……？」

長い息を吐いた八尾さんは、ゆっくりと話し始めた。

「最初のタイムリープは、十二歳の頃。網元の父親と漁船に乗ったときです」

沖に出た後で海が荒れてきて、二人は港に戻ることにした。しかし帰路で船が何かにぶつかって転覆、彼は海に投げ出される。ホエールアタックかシャークアタックか。

今でもはっきりと覚えています、と八尾さんは語る。

「墨のように広がる魚の血と、まとわりつくような巨大な魚影が漂う中、俺はしこたま水を飲んで、沈んでいきました。もうだめだ。そう思ったとき、体中が熱くなって、意識が無くなり……気がつくと俺は、まだ船が海に出る前の港に戻っていたんです」

そのまま倒れた八尾さんを病院に運ぶために、父親はその日の漁を取りやめた。

次のタイムリープは八尾さんが二十三歳のとき。つきあい始めた東雲さんと乗っていた車が酔っぱらいの対向車に衝突されて、八尾さんは車体に潰されて意識が飛んだ。

しかしその瞬間、八尾さんは事故の前にいたファミレスに戻っていた。それで彼はタイムリープという超常現象が、自分の死を起点に起こっていることに気がつく。死んでも、時間が戻って蘇る。そのときは永遠の命を手に入れたような気分だった、という。

八尾さんは東雲さんにすべてを話した。そして何度も死んで調べる。時間が戻るのは一時間二十七分。そして、八尾さんの血を飲んだ者もタイムリープをする。

「血」

と私は声に出した。それなら私も、八尾さんの血を飲んだことになる。

でも、いったいいつ。

八尾さんの言葉は続いている。異能者となった彼は、しかし、あまりタイムリープを使わなかったようだ。食い逃げしても時間を戻したら食べた事実も消えるし、万引きをしても盗んだ物が無くなる。そもそも家族同然の島民にそんなことはしたくない。

それでも今まで何度か使ったという。猫が車にはねられたときや、隣家が火事で焼けたとき、近所の学校で食中毒が発生したとき、不慮の事故で誰かが亡くなったとき。

「ただ……俺の病気は消し去れなかった」

体中の骨が徐々に弱っていって、やがて死に至る先天性の病気。発覚したのは五年前。夏風邪で病院に行ったとき、検査の過程でその病が見つかった。進行は遅いが、筋肉隆々だった体はやせ細っていった。そして一年前に、ベッドから起きられなくなった。

「頭の中ははっきりしてるのに……俺の手足は思い通りに動かない」

タイムリープのための自殺では、感じなかった絶望。八尾さんは、死にたくない、と願って自殺をした。連続で何度も自殺をすれば一年でも十年でも巻き戻せるかもしれない、と思ったけれど、最初の一時間二十七分を越えては時間を戻せなかった、という。

話を聞きながら、私はあっけにとられていた。死を起点とするタイムリープを何度もしてきた者と、私のような普通の人間とでは、死に対する考え方が違いすぎる。

俺は、と八尾さんはつぶやくように言った。

「それならせめて、死んで美しい場所に行きたいと思ったんですよ」

「それが、天国？」

「はい。タイムリープを使って、天国があるかどうかを調べることにしたんです」

「し、調べるって……」

「タイムリープの起点になる俺自身は、自殺した瞬間に一時間二十七分前に戻るので〝死後〟を見ることはできません。けど、俺の血を飲んだ人なら調査はできます」

どういうことかわからない私に、東雲さんが説明してくれる。

「例えば、国俊の血を飲んだ私が五時半に転落死したとすると、タイムリープの六時二分までは三十分以上の〝暇〟があります。その間、私の意識は死後にいっている。もし天国があるのなら私はそれを見た後、四時三十五分の現世にタイムリープで戻ります」

なるほど、と私は応じたけれど、正直あまりわかっていない。

東雲さんがそのまま話を引き継ぐ。

「屋上から飛び降りるのは、初めは怖かった……その意志を固めるのに、タイムリープ間際ぎりぎりまでかかりました。何度やっても慣れることはありませんでした」

彼女は私にそう言ってから、八尾さんに顔を向け、それに、と続ける。

「国俊、何度やっても私に天国は見えなかったよ」

「そうか……」

八尾さんが目を閉じると、東雲さんは、ごめん、と謝る。

「私は天国に行けない人間かもしれない。私は死んだら無になるタイプなのかも」

世の中には天国やら極楽浄土に行ける人と行けない人がいる、というのはキリスト教でも仏教でも同じ。だから東雲さんは、天国が見えるかもしれない〝よそ者〟を用意したそうだ。

「それがあなたです、忍鳥さん」

「そんな……」

「安藤さんから聞いていたあなたを利用しました。島民はみんな家族ですけど、本土から平升病院に来るあなたなら利用しやすいから」

「天国調査のために、よそ者なら殺しても心が痛まないってことですか」

「身勝手な考えですけど、そういうことです」

それで網元の八尾家の人を使い、血入りの天ぷらを民宿に届け、私に出させた。

「私自身がタイムリープしていることを隠していたのも、怪しまれずにあなたを殺すためです。……でも私には、あなたを殺すことなんてできなかった」

「ど、どうして」

「毎周回、お父さんの元に通うあなたを、ずっと見ていたからです。お父さんを想うあなたは、私と同じです。そんな人を殺すなんて、私にはできませんでした」

「……じゃあ何でタイムリープを終わらせたんですか」

「頃合いでした。何度タイムリープしても、私には天国は見えないし、あなたを殺すこともできない。それに、国俊を助けようとするあなたの姿を見て、嬉しかったんです。だからあなたが持っていた薬はあえて使わず、私が持っていた正しい薬を使いました」

病気に絶望して天国の存在を確認しようとした八尾さん。

そんな恋人の願いを一心に叶えようとした東雲さん。

黙って聞いていた八尾さんの目から、すーと一筋の涙がこぼれ落ちる。

「俺は、誰にも迷惑をかけずに死ぬべきだった、海に沈んだ、あのときに。おめおめと生にしがみつき、病に怯えて、挙句、死後の世界を調べるためだけに、佐和の生を踏みにじってしまった。俺が佐和を殺し続けていたも同然だ。二人で普通に生きて、歳を取って死んでいければ、それでよかったのに、それが叶わないとわかって、俺はおかしくなっていた。超常現象を使って自分が何度も死んだことで、自殺への感覚が麻痺していた。佐和、痛い思いをさせて、ごめん。愛すら利用した俺は、生きていてはいけない人間だ」

東雲さんが頭を左右に振りながら、八尾さんの手を握った。

「生き物が、持てる力を使って必死に生きようとするのは、当然のことだよ。この病院の患者さんは皆そうしてる。それにね、国俊、勘違いしてるよ。結婚を誓ったときに言ったでしょ、これからは二人で生きようって。あなたが生きるためにやろうとすることは、私が生きるためにやろうとすること。それが、二人で生きる、っていうことでしょ」

「佐和……」

「あなたはおかしくなっていないし、何も利用なんてしていない。だって私は、愛する人のために死ぬことができた今が幸せだから。不束者《ふつつかもの》同士、これからもよろしくね」

「ありがとう……君は強いな。俺にはもったいない女性だ」

「ふふ、そうよ。でも私が強くいられるのは、あなたがいるからなのよ」

そして東雲さんは、八尾さんと自分の涙を拭い、振り返って私を見た。

「これが私と彼のタイムリープです」


パチパチ、パチパチパチと拍手の音が、私の頭の中で響いた。

振り返ると、壁に先生が寄りかかっている。

「よくやったな、摩季」

*

心地よい潮風に吹かれて、ほどいた髪がなびく。

ゆっくりと進む観光用フェリーの柵に両肘を乗せて大海原を眺めながら、燦々と照りつける夏の太陽に目を細める。海の青と太陽の金色、空の水色、雲の白という四色しかないけれど、これこそがこの世で最高の絶景、日焼けも気になら——ちょっと待って。

穏やかな海面の下を大きな丸い物体が三つ、ひらひら漂っている。

エイだ。

「先生、エイです！　エイの親子！」

先生はフェリー内の座席に座ってコーヒーを飲んでいる。

「エイが何だ」

「めったに見られないでしょ、エイ。先生もこっちに来て、日光浴でクリスタライズされましょうよー。それともお化けになったから、太陽の下にはいられないんですか」

「日光浴など都会のベランダでも可能だ」

「都会にエイはいませんし、ベランダじゃクリスタライズもされません」

「ふむ、クリスタライズは結晶化という意味だが、日光浴で何が結晶化される？」

「心です。いいから、先生もこっちに来てください！」

「答えはＮｏだ。興味がないな」

「もう！　頑固なとこも生霊のときと変わってませんね！」

そう、先生は死んではいなかった。

いや、お父さんの心臓は確かに止まっていたけれど、先生の存在は消えていなかった。生霊として幽体離脱していた先生が、死霊として戻ってきてくれた、ということ。

つまりお化けだ。

そんな状態になったのは、先生にも予想外だったらしい。ただお化けでも戻ってきてくれてよかった。病室で泣きに泣き、遺体に誓いまで立てた自分がこっ恥ずかしい。

「私のなぞ解きを見てたんなら、助けてくれればよかったじゃないですか。あ！　私が苦しんでるのを見て、楽しんでたんでしょ！　はぁ、いやだ、いやだ」

「摩季の成長を見たかっただけだ。私は、先生、だからな」

「成長、してました？」

「まあまあだ」

「よくやったって言ってたのに」

「……そんなことより、東雲と八尾を捕まえなくて、よかったのか」

私が飲んだ八尾さんの血は、体に吸収されたり排泄されたりすれば、効力はなくなる。そのことを確認した後、私は二人をほったらかしにして平升島を離れている。

そんな特例の措置に、先生は納得していないようだ。

「いいんです、二人とも誰も殺してないので」

「巻き込まれた摩季がそれでいいなら私が口出すことではないが、故意に感染させたことは刑事事件に当たる。いつまた、同じことが繰り返されるかわからんぞ」

「大丈夫ですって」

先生は一拍置いてから言った。

「彼らが今後取るであろう選択について、一応、話しておこう」

「選択……？」

「八尾はおそらく、自分の体調の良いときに、再びタイムリープを起こすはずだ」

「えっ」

「病院から一時帰宅をして、東雲とともに自由を謳歌した後、彼は自殺をする。すると一時間二十七分前にタイムリープして、再び自由を謳歌できる。これを永遠に繰り返すのだ」

「永遠に、ですか」

「もちろんこのとき東雲に血を飲ませているので、八尾と東雲は一時間二十七分を生き続けることになる。八尾が死に続けることで、二人はタイムリープをして永遠に生きることができる。天国がないのなら、彼らは二人だけの永遠の循環の中に留まるだろう」

永遠の循環の中に留まる。

それは、タイムリープを破ってただ一つの現実に戻ることを選んだ私とは、真逆の選択だった。繰り返し続ける一時間二十七分の中で、永遠に生き続ける人生——

私はうなずいて先生に提案をする。

「それも、一つの愛の形なんじゃないですか」

また誰かをタイムリープに巻き込んだら大変だけれど、もうそんなことしないと思う。かなり極端なところはあっても、超常の力を持っているだけの普通の男女だ。

「先生、八尾さんの過去の話も聞いてたんですよね？」

「ああ」

「彼はどうしてタイムリープをするようになったと思いますか」

「漁船から投げ出された八尾は、海に沈んでいく中で強烈に、死にたくない、と願ったのだろう。それが世の理を変えた。もちろん、人が超常を起こす原因は不明だがな」

　八尾さんについては私も考えていたことがある。

「私の予想、聞いてくれますか」

「ふむ、聞こう」

「八尾さんの漁船にアタックしたのって、本当にクジラかサメだったんですかね」

「そうだろう。ままあることだ」

「それ、アマビエ——人魚だった、とは考えられませんか」

「人魚？」

　私はスマホで、人魚の解説をしているサイトを開く。

「人魚の血肉を食べた人間は永遠の命を得る、っていう言い伝えが昔からありますよね。対して八尾さんのタイムリープは、死を消し去って蘇らせる超常現象です。さっきの先生の話の通り、死に続けることで永遠の循環の中に留まることもできます」

　そんな人魚の血を、八尾さんは海中に沈みながら飲んだ、と。

なるほど、と先生はうなずく。

「永遠の命を、タイムリープに見立てたのか」

「はい」

「矛盾はあるな。海中で人魚の血を飲みながら死んだ八尾がタイムリープし、一時間二十七分前に戻ったことで、人魚の血を飲んだ事実も消えているはずだ」

「あー、そっかー」

「だが、面白い仮説ではある。海に沈んでいく少年が、平升島が奉るアマビエという人魚によって不死にされて助けられた。そして今回、感染症で死ぬはずだった運命をも覆したとも言える。そう考えると、この島にはまさに、アマビエの加護があるとも——」

真剣に語る先生に、私はくすくすと笑った。

「何だ？」

「先生って、意外とメルヘンチックですよね」

「い、いや、私は……むぅ」

私はにんまりと笑いながら、目の端に浮いた涙を拭った。

何にしても、人魚や八尾さんと違って、私と先生には永遠はない。時間は前にしか進まない。だから、心をクリスタライズしながら、ただ一つの現実を楽しもうと思う。

「ね、先生！」

と声をかけたけれど、座席にその姿はなかった。たった今までそこにいたのに、気配まで消え失せている。まるで夏が見せる幻だったかのように。

「かくれんぼですかー？　先生」

答える声はない。差し込む日の光から逃げて船内の奥にいっただけだろう。

あえて確認はしないで、私は顔を外に向けた。空を見る。

都会のビルの隙間から見える空とは違う広大な空。そこに浮かんだ巨大な城のような入道雲の下、私は、お父さんとお別れをした平升島を見ながら、大きく手を振った。

さようなら、私を今まで見守ってくれた人。後は任せて。

光を反射して輝く水面で跳ねたのは、さて人魚だろうか。

装幀
坂野公一（welle design）

装画
萩森じあ

初出

「白銀のループ」	「小説推理」2023年2月号
「月夜のストップ」	「小説推理」2023年8月号
「怪物とコントロール」	「小説推理」2023年12月号
「私と彼のタイムリープ」	書き下ろし

穂波 了●ほなみ りょう

1980年千葉県生まれ。2019年、謎の致死性ウイルスが題材のパンデミック小説『月の落とし子』で第9回アガサ・クリスティー賞を受賞してデビュー。近刊に『売国のテロル』『裏切りのギフト』がある。

忍鳥《おしどり》摩《ま》季《き》の紳士《しんし》的《てき》な推《すい》理《り》

2024年4月20日　第1刷発行

著　者—— 穂波《ほなみ》 了《りよう》

発行者—— 箕浦克史

発行所—— 株式会社双葉社
東京都新宿区東五軒町3-28　郵便番号162-8540
電話03(5261)4818〔営業部〕
03(5261)4831〔編集部〕
http://www.futabasha.co.jp/
（双葉社の書籍・コミック・ムックが買えます）

DTP 製版—株式会社ビーワークス

印刷所—— 大日本印刷株式会社

製本所—— 株式会社若林製本工場

カバー印刷—— 株式会社大熊整美堂

ISBN978-4-575-24737-4 C0093